이진의 삶은 이지하지 않다

이진의 삶은
이지하지 않다

채도운

삶의 직조

목차

드림래더
Dream Ladder

—

학교에는 바보라고 소문난 남자아이가 있었다. 늘 정돈되지 않은 머리를 하고, 자기보다 세 배는 큰 포댓자루 같은 옷을 입고선 누런 코를 턱까지 질질 흘리던 아이였다. 때론 혀를 내밀어 콧물을 맛보는 모습을 목격하기도 했는데, 시은은 그때마다 눈을 질끈 감으며 고개를 돌리곤 했다. 보기 싫은 모습은 외면하면 그만이라고 생각했다. 막상 자기 일이 될 줄도 모르고 말이다.

어느 날 담임 선생님은 그 아이를 시은의 옆자리에 앉히고 말했다. 평소 시은을 지켜보고 있었노라고, 시은은 참 책임감 있고 착한 어린이라고, 그러니 옆자리에 앉은 친구 또한 잘 대해 주리라 믿는다고, 그것이 시은의 역할이라고 말이다. 반 아이들은 시은을 돌아보며 킬킬거리며 웃었다. 시은의 귓가에 친구들의 목소리가 들리는 듯했다.

바보의 짝꿍, 코흘리개의 신부, 코딱개….

시은은 울먹이며 짝꿍을 바꿔 달라고 선생님께 말했다. 그러자 선생님은 시은의 어깨를 붙잡고 한마디를 할 뿐이었다.

"우리 시은이, 그렇게 안 봤는데 정말 실망이다."

시은은 그때 처음으로 깨달았다. '실망'이라는 말이 얼마나 큰 파괴력을 가진 말인지. 선생님이 자신에게 나눠 준 애정과 신뢰를 한순간에 거둬 버린다는 사실이 얼마나 무서운지 말이다. 시은은 순식간에 자신이 도덕적으로 타락한, 엉망진창의, 되바라진 아이가 된 것만 같았다.

며칠이 지나고 시은은 몇 번의 각오 끝에, 남자아이의 누런 코를 자신의 소매로 닦아 주었다. 그제야 선생님은 시은을 보고 잘했다며 머리를 쓰다듬어 주었다. 시은은 선생님의 웃음에 볼을 붉혔다. 소매에 진득하게 달라붙어 있는 누런 콧물이 제 마음을 뒤덮으며 질척이고 있음에도 말이다.

하교 후 집에 온 시은은 바로 옷을 벗어 던지고 펑펑 울었다. 한참을 울던 시은은 옷장에 붙어 있는 거울을 바라보았다. 오빠를 따라다니며 밖에서 뛰어노느라 피부는 새까맣고, 얼굴은 온통 주근깨투성이였다. 광대는 튀어나와 있었고, 눈은 자그맣고…. 시은은 거울 앞에 선 자신을 똑바로 마주했다. 예쁘지 않은 외모, 똑똑하지 않은 머리, 자신이 할 줄 아는 거라곤 착한 것뿐이라는 현실 말이다.

그 뒤로 시은은 조금씩 변했다. 손수건을 들고 다니며 짝꿍의 코를 닦아 주었고, 손수건이 콧물로 흥건해져도 아무 말 없이 가방에서 새 손수건을 꺼내곤 했다. 그뿐만 아니라 우유를 마시지 않는 친구들이 사물함이나 책상 서랍에 우유를 처박아 두곤 했는데, 시은은 상해서 부풀어 오른 우유팩을 일일이 찾아내 버리기도 했다. 교과서를 안 들고 온 친구들을 위해 옆 반에서 책을 빌려 주고, 필기구가 없는 친구들에게 기꺼이 자신이 아끼던 딸기 샤프도 양보하기도 했다. 이를 두고 어른들은 하나같이 '착하다' '철들었다' '시은이 같은 학생은 없다'라는 말로 칭찬하곤 했는데, 막상 칭찬받은 시은의 표정은 어쩐지 점점 무뚝뚝해져만 갔다.

대학생이 되어서도 시은은 변하지 않았다. 단체여행을 가는 날이면 늘 묵묵히 짐을 들고 있는 이가 시은이었다. 남들은 부산스레 요리하고 있을 때, 시은은 음식물 쓰레기를 버리거나 어수선한 주방을 정리했다. 시은은 아무 역할도 없이 멀뚱하게 서 있는 자신을 참을 수 없어 했다. 시은을 지켜보던 몇몇이 '이제 그만 쉬어'라고 말하며 아무 일도 맡기지 않을 때도 있었다. 그러면 시은은 한동안 안절부절 못하다가, 편의점으로 뛰어가 2리터짜리 생수 여섯 묶음을 혼자서 헉헉거리며 사 올 정도였다. 식당에서는 늘 마지막에 나오곤 했는데, 누군가 실수로 두고 가는 짐이 없는지 확인하는 습관 때문이었다. 시은은 주변으로부터 늘 극단의 평가를 들었다. 위선과 성심, 그 사이에서 위태롭게 서 있으면서도 시은은 자신이 해야 할 일을 찾아다녔다.

이런 시은을 눈여겨본 건 대학교 대외정책실의 교직원이었다. 그는 아무도 없는, 깜깜한 복도에서 시은을 보았다. 시은은 텅 비어 있는 정수기 앞에서 근처에 놓여 있던 새 물통을 만지작거리고 있었다. '아, 정수기에 물이 떨어졌구나'라고 생각한 그는 담당 직원을 부르려다가, 시은의 자세를 보고 멈춰 서고 말았다. 시은은 한두 번 해본 것이 아니라는 듯, 두 다리를 어깨너비만큼 벌리더니 커다란 물통 입구를 두 손으로 힘껏 잡아 허벅지 위에 올리고선 잠시 숨을 몰아쉬었다. 이내 물통을 가슴 높이만큼 안아 올리며 그대로 정수기에 거꾸로 끼워 넣었다. 콸콸. 물통에서 물이 쏟아지는 소리가 들렸다. 시은은 그제야 물 한 잔을 마시더니, 곧 옆에 내던져 두었던 가방을 둘러메고 자기 갈 길을 갔다. 그는 멍하니 그 자리에 서서 시은의 뒷모습을 바라보았다. 남자 혼자서도 20리터의 물통을 교체하기 힘들어하는데, 자신마저도 제 손으로 하지 않고 다른 직원을 부르지 않던가, 기껏해야 150센티미터를 조금 넘는, 체구도 작은 학생이 물통을 교체했다는 게 도무지 믿기지 않았다.

그 뒤로 그는 몇 번이고 시은을 마주쳤다. 그때마다 시은은 쓰레기통 위에 탑처럼 쌓여 있는 테이크아웃 용기를 정리하거나, 지우개 가루로 엉망이 된 공용 테이블을 닦아내는 등 무언가를 부지런히 하고 있었다.

'요즘 세상에도 이런 학생이 있다니.'

그는 진심으로 놀라지 않을 수 없었다. 그러다가 그의 입에서 시은의 이름이 나온 건 한 식사 자리에서였다. 그의 부서에서는 매년 지역 활동가, 사업가, 정치가를 초청해 콘퍼런스를 개최하곤 했는데, 행사 뒤풀이 겸 진행된 식사 자리에서 시은을 지켜본 일화를 이야기하게 된 것이다. 통폐합이 거론되고 있는 지방대학교. 공부는 잘하지 못할지라도 인성을 갖춘 인재가 있다는 것을 안줏거리 삼아 자랑하고 싶었을지도 모른다. 그때 그의 앞에 앉아 있던 병원장은 자신의 명함을 그에게 내밀며, 자신이 준비하고 있는 지역 사회공헌 프로그램에 그 학생을 초대하고 싶다며 자신의 명함을 전해 달라고 부탁했다. 그리고 명함은 병원장의 손에서 교직원에게, 그리고 곧 시은에게 전해지게 되었다.

—

시은은 한참이나 목소리를 다듬었다. 녹차를 마셔 봤지만, 긴장 탓에 목소리는 여전히 속절없이 떨렸다. 배가 부를 정도로 따뜻한 차를 들이켜고, 몇 번이고 자기소개를 연습한 뒤, 시은은 손에 쥐고 있던 명함 속 번호로 전화를 걸었다. 몇 번의 연결음 끝에 중후한 목소리의 남성이 전화를 받았다.

"여보세요."

"안녕하세요, 저는 지역 국립대학교에 재학 중인 이시은이라고 합니다. 다름이 아니라…"

전화를 받은 상대방은 난데없이 시은의 말을 끊더니 말했다.

"아아, 무슨 일로 전화했는지 알아요."

전화를 받은 상대방은 자신이 병원장이 아니라 밑에 있는 직원이고, 해당 프로그램에 대한 담당자는 따로 있다고 말해 주었다. 당황한 시은을 뒤로하고, 그는 건조한 어투로 몇 번이고 했을 법한 말을 되풀이해 주었다.

"병원장님이 지역 공헌 활동 중 하나로 올해부터 '드림래더'라는 프로그램을 준비하고 계십니다. 지역의 우수한 학생을 발굴해 무료로 인문 교양 강좌 프로그램을 수강할 수 있도록 지원하고, 추후 가능하다면 취업까지 연계해 지역 청년들이 자리를 잡고 활동할 수 있게 도와주자는 취지죠. 말 그대로 지역의 미취업 청년들이 꿈을 이룰 수 있는 사다리 역할을 저희 병원에서 해 준다는 거고…"

'우수한 학생'과 '미취업 청년'이라는 표현이 한 문장에 들어 있다니 참으로 어색하기 그지없었다.

"병원장님은 바쁘셔서 재정적으로 후원만 하시고, 병원도 본연의 일로 바쁘다 보니까 프로그램은 다른 곳에서 진행합니다. 지금 연락처 메모할 수 있죠?"

"네."

시은은 두 손으로 들고 있던 전화를 왼손으로 옮기고, 오른손으로 눈앞의 볼펜을 집어 들었다. 직원은 그 뒤로 첫 오리엔테이션은 언제인지, 프로그램은 얼마간 진행되는지 몇 가지 구체적인 안내 사항을 전달했다.

"나머지는 이메일로 보낼 테니까, 꼼꼼히 확인하시고요."

시은은 수화기 너머로 공손하게 고개를 끄덕이며 "네, 네"라는 대답만 반복하며 곧 통화를 마무리했다. 긴장이 무색할 만큼 허탈한 전화였다. 시은은 멋쩍게 웃고 말았다. 아직도 배가 뜨거운 차로 요동치는 것만 같았다.

—

그로부터 얼마간의 시간이 흐르고 드디어 드림래더 첫 공식 모임 날이 되었다. 시은은 말끔히 다린 흰 셔츠에 청바지를 입었다. 강의실 안을 둘러보니 자리에 앉은 학생은 거우 열 명 남짓이었다. 예상보다 인원이 적어 '소수만 특별히 선정했나 보다'라는 기대감이 몰려왔다. 잠시 후 회색 정장을 입은 남자 한 명이 의전을 받으며 강의실 안으로 들어왔다. 그 때문일까? 남자는 특별해 보였다. 키 170센티미터 남짓의 50대 초반으로 보이는 남성은 투명 테 안경을 끼고 있어 더욱 지적으로 보였다. 드문드문 난 흰머리는 노화의 상징이라기보다 어쩐지 그의 연륜을 느끼게 했다. 시은을 비롯한 학생들은 자리에서 어정쩡하게 일어나 인사를 했다. 그는 한 명 한 명 유심히 쳐다보다 이내 안내받은 자리에 앉았다. 그 뒤를 한 남자가 뒤따랐다. 정수리가 벗겨진, 회색 재킷에 검은 등산바지를 입은 남자였다. 그는 마이크를 켜더니 한 번, "아." 또 한 번, "아아." 짧은 소리를 냈다.

"안녕하세요, 저는 드림래더를 이끌어 갈 지역기념사업회 사무처장 김인호라고 합니다."

서로 떨어져 앉아 쭈뼛거리며 시선을 나누던 학생들은 기계적으로 손을 들어 박수를 쳤다. 그는 이어 자신의 이야기를 늘어놓기 시작했다. 지역에서 초·중·고등학교에 이어 대학교를 나온 그는 지역기념사업회에서 사무처장을 맡고 있는데, 이어 바르게살기운동협회, 지역문화콘텐츠협회, 지역청년협동지원회의 사무이사를 역임했다고 소개했다. 김인호는 자신이 앞으로 드림래더의 전반을 맡을 예정이라며, 그에 앞서 우리에게 소중한 기회를 준 후원자이자, 지역의 유지이자, 지역발전위원회와 지역기념사업회의 협회장을 겸하고 있는 병원장을 소개한다며, 큰 박수를 부탁한다고 말했다. 병원장으로 소개된 이는 아까 시은이 보았던 회색 정장을 입은 남자였다. 시은을 비롯한 학생들이 박수쳤다. 병원장이 의자에서 일어나서 강단에 올라 마이크를 잡을 때까지 쉬지 않고 박수가 이어졌다. 긴 박수가 무색하게 병원장은 학생들이 부디 꿈을 잃지 않고 인문 교양 상식을 쌓고, 지역에서 인재로 활동해 주길 바란다는 말을 끝으로 강의실을 나섰다. 김인호는 "바쁘신 와중에도 자리해 주신 병원장님께 큰 박수 부탁드립니다"라고 서둘러 말했다. 시은은 다시 박수쳤다. 병원장의 몸이 문을 완전히 벗어날 때까지 그치지 않고…… 김인호는 병원장을 배웅하고 온다며 허둥지둥 뒤따라 나갔다. 시은은 고개를 숙였다. 빳빳하게 다림질된 셔츠가 자꾸 서걱거리는 소리를 냈다. 그때 시은의 뒤에 앉아 있던 남학생이 중얼거리는 소리가 들렸다.

"악수하고, 사진도 찍을 줄 알았는데… 괜히 긴장했네."

가볍게 웃는 그를 두고 시은은 속마음을 들킨 듯 움찔했다. 강의실로 돌아온 김인호는 다시 강단에 올라 마이크를 들었다. 김인호는 자신이 활동하고 있는 지역기념사업회가 어떤 곳인지, 병원장이 얼마나 사회공헌 활동을 많이 하고 있는지 이력을 줄줄이 늘어놓으며 의미 없는 말을 이어 갔다.

—

드림래더는 일 년간 진행되는 프로그램이었다. 격주 토요일마다 하루 5시간씩 수업을 들어야 했다. 모든 수업은 김인호가 도맡았다. 하루는 김인호의 인생 조언을 듣고, 다른 하루는 김인호의 추천 책을 온종일 읽는 식으로 시간은 흘러갔다. 그가 무엇을 전공했고, 무엇을 보고 배웠는지, 그의 삶에 대해서는 아무것도 모르는 채 이야기를 들었다. 숙제를 내줄 때도 많았는데, 각자가 관심 있는 주제에 대해 프레젠테이션을 만들어 발표하는 식이었다.

3개월쯤 지나자 열 명이었던 학생은 이제 시은을 포함해 다섯 명밖에 남지 않았다. 드림래더 프로그램은 체계적이지 않았다. 그렇다고 인문 교양을 쌓을 만큼 전문

적이지도 않았다. 모두가 이 수업에 의미를 찾지 못하는 듯했다. 그들에게 남은 건 생존자들의 친밀감밖에 없었다. 그래도 그들은 프로그램에 꾸준히 참석했다. 모두가 바라는 건 같았다. 드림래더 프로그램을 이수한 이들에게만 주어진다는 취업의 기회가 그들에게는 간절했기 때문이다. 특출난 재능도 연줄도 없는, 근면성실이 스펙의 전부인 이들에게는 취업이라는 절실한 이유가 있었다. 안타깝게도 그들의 기대는 드림래더가 시작한 지 6개월쯤 지나 균열을 보이기 시작했다.

그날의 수업은 어딘가 이상했다. 김인호는 특별한 수업을 해 보겠다며, 강의실 대신 한 식당으로 오라고 긴급 문자를 보냈다. 시은은 도서관에서 시험공부를 하다가 뛰어온 참이었다. 때마침 도착한 승재와 희주도 있었다. 승재는 급하게 호출을 받고 아르바이트를 빼고 왔다고 했다. 희주도 가족 모임을 하다가 택시를 타고 왔다고 말하며, "드디어 취업 자리를 마련해 주는 거 아니야?"라며 묘한 기대감을 드러냈다. 이에 승재가 말했다.

"기대는 마음의 빚이야. 마음에 달아 두지마."

그렇게 말하면서도 승재가 옷매무새를 다듬는 것을 보며 시은도 자신을 돌아보았다. 주름이 자글자글한 셔츠를 손바닥의 열기로 눌러 보지만 잘 펴지지 않았다. 우물쭈물하게 서 있는 사이, 승재가 벌컥 식당 문을 열었다. 시은은 승재를 뒤따라 들어갔다. 내심 기대를 품고 들어간 식당에는…… 할머니와 할아버지 백여 명이 앉아 있었다. 시은을 알아본 김인호가 저 멀리서 뛰어왔다.

"왜 이렇게 늦었어?"

"아, 죄송해요. 빨리 온다고 왔는데….'"

김인호는 됐다고, 어서 가 어르신들이 부탁하는 것이 있으면 무엇이든 도우라고 말했다. 먼저 온 송화와 지후는 벌써 정신없이 서빙하고 있었다. 어르신들께 물수건을 가저다 드리고, 비워진 물병과 떨어진 반찬을 채워 주고 있었다. 시은은 아찔해졌다. 희주는 "오늘은 자원봉사활동하는 날인가 보다"라고 중얼거리더니 벌써 손을 걷어붙이고 있었다. 굳은 표정을 숨기지 못했던 희주였건만, 그녀는 언제부터 웃고 있었을까. 시은은 그런 희주를 바라보며 자신의 왼쪽 입꼬리를 올리고, 그다음 오른쪽 입꼬리를 바짝 끌어올렸다. 승재의 말이 옳았다. 결국 자신을 괴롭히는 건 현실이 아니라, 스스로가 걸어 둔 기대일지도 모른다. 세상엔 공짜가 제일 비싼 법이다. 시은은 희주가 달려간 쪽으로 내달렸다.

정신없이 일을 돕고 있는데, 그때 한 할아버지가 콜록거리며 침을 흘리고 있는 게 보였다. 할아버지 옆에 있던 할머니는 한사코 음식을 할아버지의 입에 밀어 넣고 있었다. 입에 다 들어가지 못한 음식은 질퍽거리며 가슴팍과 무릎 위로 흘러내렸다. 할아버지가 기침하며 토사물을 내뱉자, 시은은 자기도 모르게 옷소매 끝으로 할아버지의 입가를 닦았다. 그리고 할머니와 함께 할아버지의 식사를 도왔다. 주변을 돌아볼 새도 없이 정신없는 시간이 얼추 끝나서 숨을 고르고 있는데, 잠시 후 형형색색 리본을 어깨에 두른 이들이 우르르 식당으로 들어왔다. 김인호는 시은의 어깨를 붙잡고 말했다.

"시은아, 잘했다."

"아닙니다. 한 것도 없는…"

미처 시은이 말이 끝나기 전에 김인호가 말했다.

"어서 뒤에 가서 앉아라. 전골 남아 있으니까 애들이랑 같이 먹고 있고."

시은은 고개를 주억거리고 승재와 희주를 챙겨 빈 테이블로 갔다. 송화가 버너를 켜 보았지만, 가스가 다 되었는지 불이 붙지 않았다. 다들 지치고 배고파서 말이 없었다. 그들은 식은 전골을 그냥 먹었다. 갑자기 허기가 몰려왔다. 허겁지겁 밥을 먹고 있는데, 시은의 눈에 정장을 입은 남자들이 의자를 들고 가는 모습이 보였다. 그들은 의자를 밟고 올라가 식당 한편에 현수막을 붙였다. 현수막에는 '우리 시의 새로운 희망, 기호 1번 최병호 후보님을 환영합니다'라고 쓰여 있었다. 시은은 수저를 내려놓고 눈으로 김인호를 찾았다. 그는 수많은 인파에 가려 보이지 않았다. 그때 한 할머니가 외쳤다.

"최병호 시장님이 우리 마을을 천지개벽해줄 수 있는 유일한 인물이라 이 말이요!"

이에 질세라 뒤쪽에 있는 할아버지도 테이블에 올라가 쉰 소리로 소리쳤다.

"나는 요 아래마을의 이장이올시다. 다들, 최병호 시장님을 잘 기억하고 있으라고. 이번에 노인정 사업도 후하게 지원해 주기로 하셨구먼."

그의 말을 들은 어르신들이 수군거렸다.

"우리는 이름은 잘 까먹어 번호로 말해야지."

"그래서 몇 번이라고?"

"1번! 딱, 1번만 외우소."

"번호만 기억하다가 실수하면 어쩌려고."

"맨 우에 있는 이름으로 찍으면 되지 않은가?"

"그거는 하재."

귀를 울리는 소음에 시은은 눈을 질끈 감았다. 그때 김인호가 시은을 불렀다. 정신을 차리지 못하는 시은의 어깨를 툭툭 두들긴 그는 자신의 휴대폰을 시은에게 내밀었다. 의문을 담아 쳐다보자, 김인호가 말했다.

"최병호 후보가 5분 후면 도착한다고 하거든. 오거든 같이 있는 모습 좀 찍어 줄래?"

그는 정장을 매만지고는 저만치 뛰어가다가 다시 시
은을 향해 뒤돌아보며 외쳤다.

"가능한 가로와 세로로 여러 번 찍고!"

시은은 카메라 초점이 깜빡거리는 휴대전화 액정을
바라보며 자리에 멍하니 앉아 있었다. 맞은편에 있는 친
구들의 얼굴을 보니, 그들도 이미 수저를 내려놓고 있었
다. 그저 멍하니 자신이 먹어 버린 공깃밥 반을 허탈하게
쳐다보고 있었다. 시은은 눅눅한 소매자국을 느끼며 한
없이 젖어 들어가는 자신을 느꼈다.

—

시은은 그 뒤로도 남은 6개월간 프로그램에 참여했다.
승재, 희주, 송화와 지후도 함께했다. 시은은 이런 마음을
자신도 알 수 없었다. 그간 들인 시간이 아까워서일까? 정
이 든 친구들이 있어서? 아니, 매번 실망하면서도 버리지
못하는 기대가 있어서였다. 조금만 더 참으면 손에 쥘 취
업 기회를 위해서 6개월쯤은 감내할 수 있었다. 기대하고,
실망하고, 또 기대를 품는 게 청년이 아니던가. 시은에게
는 아직 기대가 있었다. 세상에 대한 믿음이 있었다.

그러나, 늘 그러나가 문제였다. 인내의 끝에 도달한

마지막 날은 첫날만큼이나 허무하고도 공허했다. 번듯한 수료식도, 오천 원만 주면 발급해주는 그 흔한 수료증도 없이, 일 년의 시간에 점을 찍었다. 김인호는 "수고 많았다"라고 말하며, 강의실 근처 제육볶음집으로 데려갔다. 마지막이 될 식사 자리에서 시은은 김인호를 자세히 바라봤다. 김인호는 생마늘을 참 좋아했다. 제육볶음 한 점당 마늘 하나씩을 먹었다. 송화는 빈 마늘 그릇을 보고 주방으로 달려가 마늘을 채워 왔다. 지후는 고개를 푹 숙이며 묵묵히 밥을 먹고 있었고, 승재도 다르지 않았다. 희주는 김인호의 이야기를 들으며 고개를 주억거리기도 하고, 물개 박수를 치기도 하며 대화 상대가 되고 있었다. 대충 식사를 마치고 식당 앞에 옹기종기 서 있었다. 마지막 인사를 하기 위해서였다. 계산을 마친 김인호가 나왔다. 그는 희주, 시은, 승재, 송화와 지후를 한 번씩 쳐다보았다. 이어 각자의 자리에서 잘해낼 것이라고 믿어 의심치 않는다며, 다음에 기회가 된다면 또 보자고 말하며 악수했다. 시은은 식사 시간 내내 꾹꾹 눌러왔던 말을 꺼냈다.

"사무처장님, 혹시 말씀하신 취업 연결은…"

그런 시은을 향해 김인호는 한숨을 팍 내쉬며 말했다.

"시은아, 너는 스스로 잘, 야무지게 준비하고 있는 줄 알았더니. 실망이다."

"…"

그 말을 듣는 시은의 눈이 파르르 떨었다. 고개를 돌리고자 했으나 어느 방향으로 돌려야 할지 몰랐다. 절규하고자 했으나 어디를 대고 외쳐야 할지 몰랐다. 시은이 향할 수 있는 곳은 하나뿐이었다. 오로지 자기 자신에게 화살을 돌리는 것. 오직 그뿐이었다.

———

각자의 졸업식을 치르고 송화와 지후는 무작정 일자리를 찾아 타지로 떠났다. 승재는 아르바이트를 하며 이력서를 넣고 있었다. 한 번은 시은이 어디에 지원했냐고 물어본 적이 있었다. 이에 승재는 "어디든. 백 곳 정도 넣어 본 것 같은데"라고 말했는데, 과연 그 말이 과장이 아니었던 듯 시간이 날 때마다 면접을 보러 다녔다. 그중 희주는 특이했다. 오직 희주만이 사무처장과 아직도 연락을 이어 가고 있었다. 일자리를 제안받았다는 이야기도 들렸다.

뒤늦게 이 사실을 전해 들은 시은이 희주를 만나 물었다. 무엇을 기대하고 지금까지 사무처장과 함께 있느냐는 직설적인 물음에 희주는 웃으며 대답했다.

"돈이 없으면 협회 사무실로 오라던 사무처장님의 말

이 떠오르더라고."

희주는 희미한 목소리로 덧붙였다.

"…급하니까."

희주는 여러 번 취업에 실패하고 9급 공무원을 준비 중이었다. 시험 준비를 위해서는 학원비도 필요하고, 교재도 사야 하는데 비용이 만만찮았다. 어떻게 해야 하나 고민 끝에, 언젠가 김인호가 흘리듯 했던 말이 떠올랐다. 도움이 필요하면 언제든 찾아오라며, 그것이 어른의 역할이라던…. 그 허공에 부유하는 말들을 희주는 절박함에 붙잡은 것이다. 시은은 문득 김인호가 주었다던 일이 무엇일지 궁금해졌다. 시은의 물음에 희주는 이렇게 말하며 웃었다.

"잡다한 일."

시은은 희주의 이야기를 듣고 난 후 한참이나 고민에 빠졌다. 휴대전화를 들었다 내려놓기를 거듭한 끝에 시은은 용기를 내어 김인호에게 연락했다. 찬밥, 더운밥 가릴 때가 아니라며, 자존심은 모두 내려놓아야 한다고, 현재가 아니라 미래를 내다봐야 한다고 자신을 수십 번 다그치면서 말이다. 몇 번의 통화음 끝에 전화를 받은 김인호는 문자로 협회 사무실 주소를 보낼 테니, 그리로 오라는 말만 남기고는 전화를 끊었다. 잠시 후 김인호가 주소를 문자로 보내왔다.

'XX동 20-404번지'

시은은 그 짧은 문자에서 어쩐지 김인호의 감정을 읽을 수 있을 것만 같았다. 그럼에도 불구하고—늘 그럼에도 불구하고— 시은은 눈을 감아 생각했다. 오랜만에 직접 안부도 묻고 인사를 드리는 게 예의라고. 때마침 김인호가 일하고 있다는 협회의 모습이 궁금하기도 했으니, 겸사겸사 가는 거라고. 다른 건 몰라도 부지런함 하나는 자부할 수 있기에, 할 수 있는 일이 분명히 있을 거라고.

협회는 집에서 두 시간 거리에 있었다. 버스에서 내려 올려다본 건물은 기대와는 전혀 달랐다. 건물은 허름했다. 지어진 지 족히 20년은 넘어 보이는 잿빛의 투박한 건물이었다. 협회는 3층에 있었는데, 계단을 밟고 올라가는 내내 습한 곰팡이 냄새가 났다. 목욕탕 냄새 같기도 했다. 시은은 페인트가 벗겨져 군데군데 녹이 난 문고리를 손에 쥐었다. 문을 열고 들어가자마자 보인 건 뜻밖에도 김인호가 라면을 먹고 있는 모습이었다. 양은냄비 뚜껑에 라면을 받쳐 먹는 그 모습은…… 그의 진상을 본 듯 적나라했다. 김인호는 시은을 향해 물었다.

"어, 왔니? 너도 라면 한 그릇 할래?"

시은은 고개를 저으며 말했다.

"아, 아뇨. 밥을 먹고 와서요. 어떤 일을 하면 될까요?"

김인호는 냉장고에서 김치를 꺼내 달라고 말하며, 우선 협회 사무실에 쓸고 닦아 보라고 했다. 시은은 열 평 남짓한 공간을 비질하고, 밀대로 닦았다. 허름해서 청소한 티가 나지 않았다. 쓰레기통을 비우려고 했지만, 쓰레기는 없었다. 김인호의 책상도 깨끗했다. 좁은 공간이라 생각보다 청소가 금방 끝났다.

잠시 후 김인호가 라면을 다 먹고 젓가락을 냄비에 쨍그랑 내려놓는 소리가 들렸다. 시은은 "제가 설거지할게요"라고 말하며 싱크대로 달려갔다. 싱크대 옆에는 나무 젓가락과 플라스틱 수저가 수북이 쌓여 있었다. 시은은 그 옆에 있던 자그마한 식기대에 다 씻은 냄비와 수저를 놔두었다. 물이 뚝뚝 떨어지며 낡은 행주에 스며들었다.

김인호의 사무실은, 사무실이라 부르는 타인의 자취방에 온 기분이었다. 천장에 종류별로 쌓여 있는 라면을 정리하고, 이것저것 할 일을 찾아다녔지만, 그럴수록 김인호의 살림 물품을 발견할 뿐이었다. 허연 치약이 말라붙어 있는 칫솔, 낡은 양치컵, 그 옆으로 색이 바랜 수건들. 시은이 물었다.

"더 시키실 일 없으세요?"

그 물음에 휴대전화를 내려다보고 있던 김인호가 아무 말 없이 시은을 빤히 쳐다보았다. 시선에 부담을 느낀 시은이 눈을 피하자, 김인호가 말했다.

"네가 보기에도 할 일이 없지?"

"..."

그가 어떤 의미로 시은에게 말했는지 단박에 가슴에 들어와 앉았다. 어떤 표정으로 인사를 하고 사무실을 뛰어나왔는지 모르겠다. 시은은 집으로 향하는 두 시간의 시내버스를 타고 창가에 머리를 기대었다. 그날 시은은 세 시간 동안 사무실에 있었다. 그 시간은 자존심을 내려놓는 시간이었을까? 아니면 자신의 쓸모없음을 확인하는 시간이었을까? 일하려고 발버둥치는, 어떻게든 쓸모를 찾아 보려는 자신을 향해 세상은 자꾸만 등을 돌리고 있는 것만 같았다.

—

시은은 성장을 위한 진통이라고 생각하기로 했다. 모든 기대를 내려놓고, 그럼으로써 조금씩 어른이 되는 거라고, 자신은 그 인생의 진리를 배웠을 뿐이라고 말이다. 드림래더도 과거에 놓고 온 부러진 사다리쯤으로 여겼다. 다시는 오르지 않을, 이제는 재회하지 않을 그저 그랬던 과거의 한순간으로 치부했다. 그래서 그 누구와도 연락하지 않았다.

그러다 희주를 다시 본 건 5년이 지나서였다. 시은은
출장 일정을 소화하고 남은 시간에 근처 미술관에 들렀
다. 삼십 대가 되었으니 이제 자신만을 위한 시간을 갖고
싶기도 했다. 온통 흑백인 작품들을 시은은 최대한 읽어
보려 노력했다. 그러다 한 여자가 꼼짝 않고 한 작품만을
뚫어지게 쳐다보는 게 눈에 들어왔다. '뭘 저렇게 보나' 하
는 호기심으로 가까이 다가간 시은은 그제야 그 여자가
희주임을 알아차렸다. 못 본 척 서둘러 발길을 돌리려던
시은의 팔뚝을 잡은 건 희주였다.

"시은아. 너 시은이 맞지?"

시은은 어색하게 눈동자를 굴리며 대답했다.

"아, 희주구나"

희주는 어떻게 여기서 만날 수 있냐며 부산을 떨더니,
이내 미술관 근처에 있는 카페로 시은을 이끌었다. 희주
는 시은에게 커피 한 잔을 건네며 물었다.

"미술관 뒤쪽에 자그마한 산책로가 있거든. 잠시 걸을
래?"

"그래, 그러자."

희주는 저쪽 문이 더 가깝다며 먼저 뛰어가 문을 열어
주었다. 이어 산책로에 자그마한 연못이 있다고, 저녁이면

개구리가 요란하게 우는데 때론 합창처럼 들린다고, 실제로 한 주민이 '정원의 효과음을 왜 저녁 내내 틀어놓느냐'고 민원을 넣은 일도 있었다고 했다. 희주는 긴 세월이 무색하게 친근히 말을 붙여 왔다. 덕분에 대화 사이마다의 침묵도 견딜 만했다. 커피를 홀짝이는데 희주가 물었다.

"다른 애들이랑 연락은 하고 지내?"

"…아니."

이제는 과거의 인연들이 부담스러운 나이가 되었다. 무소식이 희소식이라도 믿으며, 아니, 실은 그들의 우직함과 착실함이 무용하다는 현실을 감히 지레짐작하며, 그들이 가꿔 온 20대의 성적표를 외면하고 싶었을지도 모른다. 희주는 자기도 다른 애들과 자주 연락하고 지내는 건 아니라고, 마지막 연락이 2년 전이었다고 이야기해 주었다.

"승재 기억나? 드림래더가 우리의 꿈을 위한 사다리가 아니라, 그쪽 어르신들의 꿈을 위한 사다리였다고 말했던 친구."

"어떻게 잊어."

시은이 그때가 생각나 싱긋 웃었다. 승재는 이번에도 옳았다. 사다리는 그네들을 위한 것이었다. 높은 곳으로 올라가기 위해 공중에서 휘청이고 있는 사다리를 힘입게 잡아 줄 청년이 필요해서 만든 프로그램이 드림래더였다. 전해 듣기로 병원장은 이 사업으로 절세 혜택도 보고,

병원 홍보 효과도 톡톡히 봤다고 했다.

"승재는 우리 중에서는 꽤나 적극적인 친구였잖아. 대학교랑 공기업이 협업한 브릿지 프로젝트도 참여했었는데, 거긴 3개월짜리 체험형 인턴이라서. 뭐, 그대로 끝나버렸고. 그 뒤로 정부랑 지자체가 만든 여러 사업에 참여했었거든. 마지막으로 들었을 때는 창업사관학교라고, 알지? 예비 창업자 프로그램인데 거기에 참여했다고 듣고 나선 연락이 끊겼네."

이어 희주는 송화의 이야기도 전해 주었다. 송화는 부사관으로 여군의 길을 택했다고 했다. 희주는 걱정스러운 목소리로 덧붙였다.

"마지막으로 통화했을 때 힘들다고는 했었거든. 상사들이 자꾸 저를 두고 이상한 말을 한다고. 그런데 길게 통화는 못 했어. 송화도 내부에 있었던 일을 다 말하길 부담스러워하더라고."

이어 지후의 소식도 들을 수 있었다. 지후는 장기 공시생이었다. 희주는 지후가 언젠가 합격하면 연락해 주리라 믿고 먼저 연락하지는 않는다고 말했다. 다만 건너건너 들기론 지후가 벌써 6개월 이상 집 밖으로 나오지 않는다고 했다. 희주는 그런 친구들이 한둘이 아니라며, 자신도 그 기분을 안다고 말했다.

문득 시은은 희주가 현재 무슨 일을 하고 있는지 물어

보지 않은 게 생각났다. 시은은 어떻게 물어봐야 할지 고민됐다. 너는 공무원 준비를 여전히 하고 있느냐고? 아니면 공무원이 되었냐고? 아니면 다른 일을 시작하고 있냐고? 아니, 일을 하는 건 맞냐고? 아니면 너는…….

어느새 손에 들고 있던 커피를 다 마시고 시은과 희주는 미술관으로 되돌아왔다. 희주는 손목시계를 내려다보더니, 깜짝 놀라며 말했다.

"세상에, 벌써 시간이 이렇게 됐네! 회의 시간에 늦겠다."

"…그래, 어서 가 봐야지."

희주는 다음에 연락하자고 말한 뒤 빠른 걸음으로 시은으로부터 멀어졌다. 끝내 시은은 희주가 어떻게 지내는지, 무슨 일을 하는지 알지 못했다. 다만 희주가 어떤 일이든 하고 있다는 것, 그것만이 희주에 대해 아는 전부였다. 희주 또한 끝까지 시은에 대해 아무것도 묻지 않았다.

—

그로부터 며칠이 지나서 시은은 출근을 위해 시내버스를 탔다. 자리에 앉은 시은은 휴대전화를 들여다보았다. 의미 없는 손짓을 몇 번 하다 창밖으로 시선을 돌렸다. 인턴 기간이 끝나가고 있었다. 처음 인턴에 합격하고선 얼마나 기뻤는지 모른다. 성실한 모습을 보여 준다면, 분명 자신에게도 새로운 기회가 올 거라고 믿었다. 출장도 마다하지 않았다. 그것이 비록 행사장에서 온종일 서서 홍보물을 돌리는 일이라고 할지라도 말이다. 하지만 '체험형'이라는 고작 한 단어가 인턴 앞에 붙는 순간, 자신의 노력은 무용이 되어 버렸다. 아무리 노력해도 닿을 수 없는 자리가 있는 것처럼 사회는 벽을 만들어 냈다. 시에서 운영하는 행정 인턴도, 공기업에서 채용하는 인턴도, 중소기업에서 모집하는 인턴마저도 '체험형'을 갖다 붙였다. 그러다 보니 시은은 정식으로는 채용된 적 없는 무경력자이지만, 인턴 경력으로만 3년을 쌓았다. 시간의 찌꺼기만 켜켜이 쌓인 것이다.

버스가 신호에 따라 교차로에서 멈춰 섰다. 교차로에는 목에 팻말을 건 남자가 서 있었다.

'선거철이구나.'

다시 휴대전화를 보려던 시은은 문득 팻말의 이름이 눈에 들어왔다. 낯익은 이름이었다. 시은은 눈을 동그랗게 뜨고 그를 자세히 살펴보았다. 그는 지나가는 차량을 향해 손을 흔들고, 지나가는 시민들을 붙잡아 말을 걸기도 하고, 고개를 숙이며 인사를 하고 있었다. 시은은 단박에 그를 알아볼 수 있었다. 김인호였다. 김인호는 작은 스피커 하나에 의지한 채 고래고래 소리를 지르고 있었다.

연신 무언가를 약속하고, 다짐하고, 고쳐 보겠다고 말하고 있었다. 그러나 사람들은 그의 곁을 무심히 지나칠 뿐이었다. 어떤 사람들은 귀를 막기도 하고, 또 어떤 이들은 차창을 내려 "퇴근 시간에 시끄럽게 뭐 하냐!"라고 소리치기도 했다. 그러나 김인호는 들리지 않는 듯 행동했다. 되레 땀을 뻘뻘 흘리며 끊임없이 마이크에 대고 소리쳤다.

"제가 바꿔 보겠습니다! 지역을 떠나는 청년들을 붙잡아 오겠습니다. 자꾸만 줄어드는 노인정 예산 문제도 반드시 해결해 보겠습니다. 믿어 주십시오!"

김인호 옆에 서 있던 여자는 그의 말에 맞춰 연신 피켓을 위아래로 흔들어 대고 있었다. 어쩐지 처량해 보이는 모습에 비웃음이 새어 나왔다. 그때 피켓이 무거운지 잠시 아래로 내리며 쉬고 있는 여자가 이쪽을 쳐다보는 게 느껴졌다. 여자와 눈이 마주친 시은은 그 자리에서 굳어 버리고 말았다.

따뜻한 물을 받아 온 대야에 수건을 적서 꼭 짜냈다.
이불에 누워 있는 여자는 움직일 때마다 뼈마디가 아프다
고 불평을 늘어놓았다. 여자의 얼굴부터 천천히 닦아냈
다. 푹 들어간 눈두덩이, 검버섯이 피어 있는 홀쭉한 볼,
겹겹이 깊은 주름 사이사이를 조심스레 훑었다. 이어 수
건을 반대로 뒤집어 접고는 여자의 목과 앙상한 팔도 닦
았다. 한때는 풍만한 가슴이었을, 지금은 검은 두 점만 남
은 까무잡잡한 가슴도 닦았다. 그녀의 몸에선 나프탈렌
냄새가 났다. 여자는 부끄러움도 없는지, 바지를 덜덜 떨
리는 손으로 끌어내리며 말했다.

"밑에도 구석구석 잘 닦아."

고개를 끄덕이는 희주 뒤로 텔레비전 소리가 크게 들

렸다. 여자의 얼굴에 화색이 돌았다. 그녀는 어서 리모컨을 가져오라고 다그쳤다. 희주가 리모컨을 가져다 주자 여자는 음량을 계속해서 키우더니, 그래도 제대로 들리지 않는지 리모컨에 있는 '자막' 버튼을 눌렀다. 그러자 텔레비전 화면 하단에 큰 글자로 한글 자막이 띄워졌다. 자막에는 이렇게 쓰어 있었다.

'청년의 어깨를 밀어주고, 어르신의 삶을 보살피는, 함께 걷는 사람 기호 2번 김인호!'

텔레비전 스크린에는 화려한 형형색색 띠를 두른 김인호가 두 손을 번쩍 들기도 하고, 주변 사람들에게 악수를 건네기도 하며 살갑게 웃고 있었다. 희주는 텔레비전을 물끄러미 바라보다 이내 손목시계를 내려다보았다. 희주는 그녀를 향해, 내일 또 오겠다고 인사를 하며 일어났다. 그녀는 벌컥 소리쳤다.

"아니, 왜 벌써 가!"

"시간이 지났는걸요. 안 그래도 30분이나 더 있었어요."

"요새 애들은 그게 문제야. 시간 딱딱 지키면서 지들 잇속만 챙기려고 한단 말이지."

"…사무처장님이 지금 바로 오라셨어요."

"허참, 어서 가 봐요."

"…"

희주는 그녀의 존대가 우습게 다가왔다. 그녀는 제 아

들이 선거에 출마하고 나서부터, 하루아침에 교양 있는 사람이 된 것마냥 존댓말을 하기 시작했다. 그러나 어미에 '요'를 붙인다고 해서, 어조가 조금 상냥해진다고 해서 그녀가 다른 사람이 될까. 그녀가 희주를 쳐다보는 방식, 희주를 대하는 행동은 늘 희주를 불편하게 했다. 그녀는 희주의 값을 매겼다. 그녀의 계산법에 따르면, 희주는 쉬운 사람이었다. 시간당 만 원만 주면 일할 정도로 돈이 급하고, 아들이 내려줄 시혜에 목마른 사람이 희주였다. 희주는 그녀의 계산법을 알면서도 순응했다.

희주는 5년 전, 그녀를 처음 만났던 날을 떠올렸다. 갑작스러운 김인호의 호출에 희주는 설렌 마음을 가라앉히기 어려웠다.

'드디어 취업이구나, 병원 행정직도 안정적이라던데. 사무처장님이 아는 회사도 많다 그랬으니 직장을 고를 수도 있는 걸까.'

그런 생각을 했던 것 같다. 그런데 막상 김인호가 부른 곳은 어르신들이 바글바글한, 봉사활동으로 위장한 정치캠프였다. 당장이라도 뛰쳐나가고 싶은 마음을 억누르고 일을 도왔다. 시은이나 다른 친구들이 애쓰는 모습을 보니 자신도 가만있을 수 없었다. 그러다가 그 말을 들은 건 정말이지 우연이었다.

"아들, 쟤 참 괜찮다. 다음 채용에…"

희주는 그녀의 시선이 향하는 곳을 보았다. 그곳에는 시은이 한 할아버지의 침을 닦아가며 밥을 먹이고 있었다. 취업이 급했던 희주는 조금, 아주 조금만 욕심냈다. 시은이 다른 어르신을 돌보러 갈 때, 그녀의 남편 옆에 앉아 옷에 묻은 음식물을 닦았다. 집에 가실 때 가져가라며 남은 전골과 반찬을 비닐봉지에 담아 드렸다. 봉투를 받아든 그녀는 고맙다고 말하면서 눈은 연신 희주를 예리하게 쳐다보며 평가하고 있었다. 희주는 그 눈빛이 기꺼웠다. 부디 좋게 평가받길 바랐다. 그래서 광대가 아릴 정도로 계속 입꼬리를 올렸다.

희주는 그때가 생각나 왈칵 눈물이 쏟아질 것 같았다. 시은의 기회를 뺏으려 한 자신이 너무나도 이기적이었던가? 별 볼 일 없는 이력서를 가지고 취업 자리에 욕심내면 안 되는 거였나? 끝까지 기대를 내려놓지 못하는 자신이 어리석은가? 희주는 자신의 생각에 푹푹 찔리고 있었다.

휴대전화가 울렸다. 희주는 서둘러 정신을 차리고, 인호가 있다는 교차로로 뛰어갔다.

김인호는 희주를 보자 반갑게 손을 흔들었다.

"안 그래도 다른 후보들은 둘씩 짝지어 다니는데, 나 혼자는 좀 처량하더라고."

이어 김인호는 이 교차로가 사람이나 차가 가장 많이 몰리는 인기 장소라며, 다른 후보도 왔었는데 자신이 먼저 서 있었다고, 선견지명이 있질 않았냐고, 아, 그런데 물은 들고 왔냐고, 생각보다 말하는 데 에너지가 많이 쓰인다고, 쉴 새 없이 말을 붙였다. 김인호에게서 끈적한 땀 냄새가 났다. 희주는 자신이 가져온 휴대용 스피커에 마이크를 연결했다. 김인호는 곧 퇴근 시간이니 어서 피켓을 들라고 말했다. 희주는 모자를 꾹 눌러 쓰고 피켓을 들었다. 투박한 나무로 만들어진 피켓은 꽤 무거웠다. 허공을 때리는 그의 외침은 절절하다 못해 절박하게까지 들렸다. 지금 바꾸지 않으면 너무 늦는다, 자신은 다 바꿀 수 있다, 함께라면 못할 일이 없다…. 희주는 자신 또한 인호와 다를 바가 없다고 느꼈다. 절박했고 또 그 변화가 간절했다. 그때 적색 신호등이 들어온 게 보였다. 이때다 싶어 김인호는 정차되어 있는 차를 향해 연신 굽신거리며 인사했다. 멈춰 있는 버스를 향해 자기 이름을 연신 외쳐 댔다.

순간 버스에서 여기를 물끄러미 바라보는 한 여자가 보였다. 시선이 마주쳤을 때 여자는 차창 밑으로 엉덩이를 빼고 몸을 감추었다. 희주는 피켓을 얼굴 높이만큼 들어 올렸다. 시간이 얼마나 흘렀을까. 드디어 신호가 초록불로 바뀌었다. 버스는 매캐한 냄새를 뿜어내며 빠르게 희주 앞을 지나갔다.

도마 위의 생

한 손으로 고등어 머리를 잡고, 칼을 쥔 다른 한 손으로는 고등어의 배를 찔렀다. 칼끝으로 느껴지는 생선의 뼈마디에 유미는 조금 더 힘을 주어 칼을 깊숙이 찔러 넣었다. 고등어의 아랫배로 들어갔던 칼이 등으로 빠져나왔다. 유미는 그대로 칼을 넙적하게 뉘어 꼬리까지 긁어 내렸다. 고등어는 굵고 하얀 중심뼈를 기준으로 정확하게 반으로 나누어졌다. 유미는 생선을 앞뒤로 뒤적거리며 가위를 사용해 지느러미와 꼬리를 잘라 내고는, 숟가락을 들어 생선에 붙어 있는 내장을 조심히 긁어냈다. 이어 살에서 배어 나오는 피를 수돗물로 헹궈 내자 선홍빛 살이 드러났다. 스테인리스 볼에 손질된 생선을 올려놓은 유미는 서둘러 싱크대에 널브러져 있는 다른 고등어

한 마리를 집어 들었다. 저녁 시간이 다가오고 있었다. 유미는 숙달된 솜씨로 순식간에 생선 두 마리를 다듬고는 프라이팬에 기름을 둘러 구워 냈다. 전기밥솥은 요란스럽게 밥이 다 되었음을 알렸고, 그와 동시에 도어락이 열리는 소리가 들렸다. 가족들의 귀환이었다.

"오늘은 무슨 일로 생선구이야?"

손을 씻고 자리에 앉은 진욱이 놀라며 물었다. 그도 그럴 것이 유미는 평상시 생선 요리를 잘 하지 않았다. 집에 냄새가 밴다는 것이 그 이유였다. 생선은 돼지나 소보다 더 진득한 냄새를 풍기곤 했다. 뜨겁게 달궈진 프라이팬에 생선의 표면이 닿을 때마다 지지직거리는 소리와 함께 강한 비린내가 공기 중에 퍼져, 이내 가구나 옷에 진득하게 달라붙었다. 코끝을 찌르는 비린내는 오랫동안 지워지지 않는다. 그게 생선의 지독함이었다.

"매일 육고기만 먹잖아. 가끔 물고기도 먹어 줘야지."

유미는 김이 모락모락 나는 밥을 진욱 앞에 내려놓으며 대답했다. 그때 진욱 옆에서 가시를 발라낸 생선살을 날름 받아먹던 아들 지유가 물었다.

"엄마, 물고기와 생선은 뭐가 달라?"

지유의 물음에 유미는 진욱과 시선을 마주쳤다. 유미는 눈빛으로 진욱에게 물었고, 진욱은 고개를 저었다. 유미는 아이의 밥그릇 위에 살을 올려 주며 말했다.

"물고기가 생선이고, 생선이 물고기지. 다 같은 말이야."

지유는 생선살이 올려진 밥 한 수저를 입안 가득 밀어 넣고 다시 물었다.

"치킨과 헨은 뭐가 달라?"

요즘 영어학원을 다니기 시작한 지유는 저녁 시간마다 이렇게 질문을 던지곤 했다. 그때마다 유미와 진욱은 당혹스러움을 감출 수 없었다. 지유가 묻는 질문은 일상에서 깊게 고민해 본 적이 없었던 질문이어서 그랬을지도 모른다. 진욱은 난처해하며 중얼거렸다.

"…그러게 무슨 차이일까."

유미 또한 당황스러움을 숨기려 노력하며 되물었다.

"영국식과 미국식 단어 차이 아니야?"

유미의 말에 진욱은 테이블을 살짝 내리치며 말했다.

"아! 하나는 먹는 거고, 다른 하나는 키우는 거 아닐까. 그러니까 치킨은 튀긴 거고, 헨은 살아 있는 닭인 거지. 우리 지유 치킨 좋아하지? 치킨?"

그의 엉뚱한 대답에 지유는 고개를 주억거리며, 치킨이 먹고 싶다고 좋알거렸다. 유미는 지유에게 서둘러 밥을 먹으라고 타일렀다. 그러나 아이는 지칠 줄 모르고 질문을 해 댔다.

"엄마가 양이 영어로 쉽이라고 했는데, 영어 선생님은 램이래. 엄마가 틀린 거야?"

미처 답하기도 전에 지유는 또다시 물어왔다.

"고트는 뭐야?"

결국 욱하며 소리를 지른 건 유미였다.

"몰라, 어서 밥이나 먹어!"

저녁 식사를 마치자 아이는 자기 방에서 장난감을 한 가득 들고 와 거실에 늘어놓기 시작했다. 진욱은 오늘따라 너무 피곤하다며, 조금만 쉬겠다고 말한 뒤 소파에 누웠다. 유미는 식탁을 돌아보았다. 접시 위에 덩그러니 놓여 있는 고등어의 머리 옆으로는 발라진 가시가 켜켜이 쌓여 있었다. 아이가 앉았던 자리에는 밥알과 생선살이 지저분하게 떨어져 있었다. 유미는 빈 접시를 쌓아 싱크대로 가져갔다. 싱크대 안에는 식사 준비를 하며 쌓아 둔 쓰레기가 가득 차 있었다. 고등어의 내장, 양파 껍질, 스티로폼과 비닐이 이리저리 섞여 있었다. 유미는 짙은 갈색의 피와 함께 비린내가 배어 있는 스티로폼을 물에 대충 헹구고는 쓰레기통에 버렸다. 이어 고등어 머리와 내장을 손가락으로 집어 비닐봉지에 담았다. 대충 싱크대가 정리되자 그릇들을 가져와 설거지를 시작했다. 뜨거운 물로 접시를 닦아 보지만, 생선 기름은 쉬이 없어지지 않았다. 유미는 신경질적으로 세제통을 여러 번 눌러 짜며 거품을 만들어 냈다.

　발밑에서는 낙엽이 산산이 부서지는 소리가 들린다. 짓밟혀 눌려 있다가 다시금 부피를 키우는 낙엽을 뒤에 오는 이가 밟는다. 바스락, 바스락. 여덟 개의 발소리 뒤로는 누군가 거칠게 숨을 몰아쉬거나, 혹은 숨을 한껏 죽이느라 애쓰는 소리가 들린다. 우리는 침묵 속에서 계속 산을 올랐다. 적당히 마을의 불빛이 내려다보이고, 그럭저럭 나무들로 우거진 이곳에서 우리는 멈춰 섰다. 우리는 한 소녀를 불렀다. 선홍빛 목도리를 하고 두꺼운 외투까지 입었지만 처연하게 떨던, 맨 뒤에서 힘겹게 우리를 따라오던 그 소녀를 말이다. 소녀의 가방은 저 멀리 던져져 낙엽 위를 굴렀다. 소녀는 가장 어두운 그림자를 드리우던 나무에 등을 기댔다. 한 아이가 다그쳐 물었다.

　"네가 우리 부모님 욕을 했어?"

　소녀는 아니라고 말했다.

　"우리 부모님이 정육점을 한다고 말하고 다녔다며."

　소녀는 그렇다고 대답했다.

　"그럼 너는 나와 내 부모님을 욕하고 다닌 게 맞네."

　소녀는 그게 어째서 욕이 되는지 모르겠다고, 그게 욕처럼 느껴지는 거면 네가 되레 스스로를 모욕하고 있는 셈이라고 말했다. 아이는 소리를 지르며 소녀의 목덜미를 쥐었다. 손바닥은 소녀의 온기로 따스했다.

―

　유미는 도마에 고기를 철퍽 내려놓았다. 고깃덩어리
는 묵직하고도 거대해서 도마에서 삐죽 튀어나와 있었
다. 유미네 식탁에서 고기는 빠지지 않는 메뉴 중 하나였
다. 가벼운 반찬과 국에도 늘 고기가 들어갔다. 메추리알
장조림에도, 미역국에도, 김치볶음밥에도, 하다못해 비
빔밥에도 고기가 들어갔다. 그러다 보니 유미는 늘 큰 고
깃덩어리를 사서 소분해 먹곤 했다. 오늘도 유미는 마트
에서 5킬로 남짓한 고깃덩어리를 사 온 참이었다. 유미
는 서랍을 열어 일회용 비닐장갑을 꺼냈다. 생선 비린내
가 아직도 손에 진동하고 있었다. 유미는 부처 나이프를
들고 고기를 자르려고 했으나, 비닐장갑을 낀 왼손이 고
기를 단단히 잡아 주지 못하자 칼질이 쉽지 않았다. 생고
기의 미끄러운 표면 때문에 왼손이 자꾸 미끄러져 내려
갔다. 결국 유미는 비닐장갑을 벗어 던지고 맨손으로 고
기를 잡았다. 두툼한 고기를 힘주어 꽉 잡자 손가락 사이
로 살점이 울룩불룩 튀어나왔다. '절반은 구이용으로 길
게 썰고, 나머지는 잘게 다져서 카레나 짜장에 넣어 먹어

도 괜찮겠다'라고 중얼거린 유미는 칼을 쥔 손에 힘을 주었다.

그때였다. 비닐장갑이라는 얇은 막이 사라지고 손바닥에 닿는 생고기의 촉감에, 아들의 목덜미가 떠오른 것은 정말이지 불현듯이었다.

올해 여섯이 된 지유는 잘 먹어서 통통했다. 볼살을 손가락으로 쓰다듬으면 벨벳처럼 부드러웠고, 살짝 누르면 탄력 있고도 매끄러운 감촉이 손끝을 타고 올라와 마음까지 따스하게 녹이곤 했다. 지유의 팔뚝도 엉덩이도, 뱃살도 모든 것이 생기로 가득 차 있었다. 피부의 감촉부터 피부 안의 근육과 지방의 탄력은 단단하고도 부드러움이 공존하는 세계였다.

'그런데 그런 감각을 나는 왜 이렇게 차가운 돼지고기에서 느낀다는 말인가?'

유미는 화들짝 놀라며 칼을 내려놓았다. 도마 위에는 하얀색과 선홍색이 오묘하게 이어진 고깃덩어리가 반쯤 잘리다 말고 너덜너덜해 있었다. 유미는 손을 벅벅 씻고는 소파 위로 올라가 담요로 몸을 덮었다. 추웠다. 손바닥에 닿는 서늘함이 온몸에 스며들었다.

누군가의 목을 잡아 본 적 있어?

손바닥에 느껴지는 박동과 따스함을 느껴 본 적 있어?

내가 그 아이의 목을 쥐기 전까지 우리 사이엔 특별한 일이 없었어. 그저 같은 교실에서 지루한 수업을 듣고, 종이 치면 복도를 뛰어나가고, 급식소에 먼저 가기 위해 사력을 다하고, 하굣길에는 함께 간식을 사 먹는 게 전부였지. 하루는 학교에서 갑자기 공지 사항이 내려왔어. 급식소 설비에 문제가 생겨서 하루만 도시락을 싸 오라는 거였지. 나는 엄마가 만들어 준 돼지고기볶음을 들고 갔고, 그 아이는 고등어를 구워 왔어. 대부분 소시지 반찬을 싸 오던데 말이야. 하필 추운 겨울이라 창문도 꼭꼭 닫혀 있는 교실 안에서 우리 둘의 도시락 냄새가 가장 심했어. 그래도 내 건 고등어구이만큼은 아니었어. 하굣길에 우리는 이야기를 나누었지. 그 아이 부모님이 시장에서 생선 가게를 한다는 건 그때 처음 알았어. 그 아이의 고백에 나도 마음 편히 말할 수 있었던 것 같아. 우리 부모님은 정육점을 하신다고 말이야. 그리고 얼마 지나지 않아 반의 아이들이 전부 알게 되었어. 내가 내 입으로 한 번도 말한 적 없던 우리 부모님의 직업을 그들도 전부 알게 되었지.

그저 개인 사업을 하고 있다고 알고 있던 친구들이 내게 와서 물었어. 그 나이대의 천진난만함으로 악의 없이, 그러나 진심으로 물었지.

"너네 집에서 고기 사면 싸게 살 수 있어?"

열넷의 친구들은 미숙했어. 아직 제철이 오지 않아 떫은맛이 먼저 도는 과일처럼, 겉만 앞서고 속은 늘 한 박자가 늦었지. 물론 나도 다르지 않았어.

나는 그 길로 아이를 찾아갔어. 그 아이는 대수롭지 않게 말했지. 네 부모님의 직업이 비밀일 줄 몰랐다고 말이야. 그 아이가 건드린 건 내 안에 숨어 있는 마음이었어. 부모의 직업이 부끄럽다는 속내를 들켜 버리고 만 거지. 한때는 백정이라는 말이, 개새끼보다 더한 욕이었다는 거 알아? 내게는 그 단어가 과거의 말이 아니라 현재까지도 효력을 발휘하는 말이었어. 예민한 시기에는 사소한 감정의 동요가 얼마나 큰 악을 만들어 낼 수 있는지, 우리는 알잖아. 나는 친한 친구들을 찾아가 울며 말했어. 실은 내 부모님의 직업이 전혀 부끄럽지 않았다고, 그런데 그 아이가 '부모님이 부끄러운 일을 한다'고 뒤에서 말하고 다닌다고. 고작, 단 한 줌의 거짓말만 보탰을 뿐이야. 친구들은 함께 분노해 줬어. 우리는 학교 뒤에 있는 산으로 그 아이를 끌고 갔지. 나는 스스로를 연필이라고 믿었어. 무엇이든 실수하고 지울 수 있는 시기라고, 인생에는 지우개가 있다고 말이지. 그 믿음이 나를 더 거칠게 만들었을지도 몰라.

올라가는 길에는 낙엽이 가득했어. 발밑에서는 낙엽이 산산이 부서지는 소리가 들렸지. 한참을 올라가서 적당한 곳에 그 아이를 세웠어. 그 아이가 등을 붙인 곳은 둘레가 가장 큰 나무였지. 어둠으로 포위당한 그 아이에게 퇴로는 없었어. 산으로 끌려오면서부터 자기 가방이 바닥에 나뒹구는 동안에도 그 아이는 어떤 항의도 할 수 없었어. 변명하려 해도 들어 주는 귀가 없었거든. 그 아이는 몸을 떨었어. 모든 찰나를 감내하고 있던 그 아이는 울지도 않았어. 공포가 울음마저 집어삼켰지. 폭력이 잔인한 이유는 속수무책이라는 점이야. 그런데 나도 그 아이와 다를 바가 없었어. 내 몸은 두려움에 떨고 있었어. 타인을 해친다는 공포는 생각보다 큰 것이었어. 온몸에 서늘한 기운이 파고들어 서슬 퍼런 냉기가 손끝에서 느껴졌지. 겨우내 차가운 손으로 그 아이의 목을 잡았을 때 내가 처음 느낀 건…… 정말 따뜻하다는 거였어. 폭력이란 그런 건가 봐. 타인의 온기를 빼앗으며 안도감과 따뜻함을 느끼는 거지. 나는 그 아이의 목을 다시 한 번 꽉 쥐었어. 손바닥 아래에서는 그 아이의 박동이 온도를 타고 전해졌어. 규칙적으로 움직이는 박동이 그 아이가 살아 있

는 존재라는 걸 말해 줬어. 손에 쥐고 있는 온기는 따스했
는데, 내 몸은 그렇지 못했어. 처절하게 떨리고 있었지.
이를 악물어도 턱은 사정없이 딱딱거리며 부딪혔고, 숨을
내쉴 때마다 정제되지 않은 거친 숨이 하얀 김과 함께 헐
떡이며 내뱉어졌어. 그 아이가 미안하다고 말한 건 몇 번
이었을까? 잘 모르겠어. 폭력의 공포에 압도된 머리는 사
고할 수 없었거든. 그 아이를 내팽개치고 허겁지겁 산에
서 내려왔어. 등 뒤로 습기로 가득 찬 어떤 울음이 들려왔
던 것 같아. 하지만 낙엽이 바스러지는 소리에 묻혀 버렸
지. 부서지는 건 그 아이였을까, 나였을까?

—

쿵쿵!

문을 두들기는 소리에 화들짝 놀란 유미는 정신을 차
리고 현관문을 뛰어나갔다. 현관문 앞에는 지유가 서 있
었다.

"영어학원이 벌써 끝났어?"

유미의 물음에 지유는 고개를 끄덕이며 말했다.

"아빠도 왔어. 커다란 상자를 하나 들고."

지유의 뒤에는 커다란 스티로폼 상자를 들고 있는 진욱이 서 있었다. 유미는 뒤를 돌아 벽에 걸린 시계를 바라보았다. 시계는 벌써 여섯 시 삼십 분을 가리키고 있었다. 담요로 몸을 덮고 누웠던 그 찰나에 잠들어 버린 것이었다. 진욱은 평소와 달리 아무것도 차려지지 않은 식탁을 한동안 바라보다 스티로폼 상자를 식탁 위에 올려 두었다.

"웬 스티로폼 상자야?"

"택배 왔던데."

그제야 유미는 상자의 정체를 알았다. 얼마 전 특가로 구매했던 생물이었다. 서둘러 스티로폼 상자를 열어 보니 안에는 활 랍스터 두 마리와 아이스팩이 들어 있었다. 랍스터는 상자 안에서 바스락거리며 자신이 살아 있음을 증명해 보이고 있었다. 선홍색의 더듬이는 몸통만큼이나 길었는데 다리까지 내려와 있었다.

"와, 아직 안 죽었네?"

진욱이 서둘러 지유를 불렀다. 진욱은 랍스터 집게가 노끈에 단단히 묶여 있는 것을 확인하고는 랍스터를 상자에서 꺼냈다.

"지유야, 한 번 만져 봐."

지유는 두 손을 가슴께에서 꼭 쥔 채, 끝내 선뜻 내밀지 못했다. 겁먹은 지유를 향해 진욱은 시범을 보였다. 랍스터의 등껍질을 쓰다듬어 보고, 커다란 집게발의 너비를 손가락으로 가늠해 보기도 했다. 아빠의 행동에 용기를 얻었는지 지유는 손가락을 내밀어 랍스터 머리를 꾸욱 눌렀다. 단단한 표면을 느낀 지유는 이어 굽어 있는 허리를 따라 꼬리를 만져 보았다. 그러더니 이내 더듬이를 확 잡아채 공중에 데롱데롱 들었다. 랍스터는 잡힌 더듬이 아래에서 거대한 몸통을 앞뒤로 흔들고 있었다. 지유는 그런 랍스터가 재밌다는 듯 장난스럽게 웃고 있었고, 진욱은 그 옆에서 동영상을 찍고 있었다.

"여길 봐. 랍스터를 조금 더 위로 들어 봐. 이제 목덜미를 잡아 볼래? 그래, 그렇게!"

진욱은 지유에게 랍스터와 놀고 있으라고 말한 후 주방으로 들어왔다. 진욱은 흠칫 놀라며 물었다.

"도마에 고기가 그대로 있네? 냉장고에 안 넣었어? 핏물 빠지는 것 봐!"

진욱의 물음에 유미는 고개를 들어 도마를 바라보았다. 도마 위에 덩그러니 놓여 있는 고깃덩어리는 살 속에 머금고 있던 핏물을 내뱉고 있었다. 도마의 경계에 아슬아슬하게 걸쳐 있던 핏물이 도마를 넘어 하부장에 길게 붉은 선을 그리며 바닥에 떨어졌다. 톡, 톡 소리를 내며 핏물이 떨어지는 장면을 바라보며 유미는 멍하니 앉아 있었다.

"오늘 무슨 일 있었어? 왜 이렇게 정신을 못 차려?"

"아… 그냥."

"오늘은 가볍게 랍스터 쪄 먹고 라면이나 끓여 먹을까? 힘들어 보이는데 쉬어. 오늘은 내가 요리할게."

"…"

아무 말이 없는 유미를 뒤로한 채 진욱은 찜기를 찾으러 다녔다.

"전에 쓰고 어디에 넣어 뒀지?"

진욱은 상부장을 헤집었다. 한 번은 서랍장을 열다 우르르 인스턴트 커피 봉지가 떨어지기도했다. "왜 이렇게 정리를 안 하는 거야"라고 조용히 중얼거린 진욱은 유미를 돌아봤다. 유미는 담요를 둘러싸고 소파에 앉아 있었다. 진욱은 한숨을 내쉬며 베란다로 나갔다. 한참을 우당탕거리더니 창고 깊숙이에 있던 큰 찜기를 찾아내 들고 왔다. 지유는 랍스터를 덜렁덜렁 들고 따라왔다. 진욱은 지유의 머리를 한 번 쓰다듬어 준 후 랍스터를 건네받았다. 진욱은 유미를 바라보며 물었다.

"생물 랍스터는 살아 있는 채로 찌면 내장이 터져서 쓴맛이 난다던데. 유미야, 전에 어떻게 했었지?"

"…"

짧은 한숨을 내쉰 진욱은 랍스터를 뒤집어 보기도 하고 도마 위에 좌우로 돌려 보기도 하다가 포기하고 휴대전화를 들었다. 진욱은 유튜브에서 '랍스터 잘 죽이는 방

법'을 찾아보더니 한 영상을 재생했다. 영상에서는 쉴 새 없이 소리가 쏟아져 나오고 있었다.

"… 랍스터의 목을 잡아서, 랍스터의 머리 중앙—정확히 두 눈 사이의 약간 뒤쪽—에 날카로운 칼을 사용해 빠르고 정확하게 내려칩니다. 자, 이 부분이 뇌와 신경계를 포함하여 랍스터를 즉각적으로 죽이는 데 효과적이죠. 가장 인간적으로 죽이는 방법입니다. 랍스터의 고통을 최소화할 수도 있고, 무엇보다도 살을 질기지 않고 부드럽게 하는 데도 도움이 됩니다."

도마 위에 펄떡거리는 랍스터를 왼손으로 눌러 잡고 있는 진욱은 표정을 잔뜩 일그러뜨렸다. 유미는 그런 진욱을 바라보며 '그렇게 하면 안 되는데'라고 생각하다가 이내 자기 손을 바라보았다. 유미는 언젠가 지유가 했던 물음을 떠올렸다. 아이의 물음은 늘 당연하게 생각했던 것들을 낯설게 바라보게 만들곤 했다. 하지만 동시에 그 질문들은 무의미했다. 육고기를 위한 닭이냐, 알을 위한 닭이냐는 커다란 차이가 없었다. 양도 다르지 않다. 부드러운 털을 가진 성체든, 연한 고기를 가진 어린 양이든, 젖과 치즈를 위한 염소든 가치는 하나다. 생선과 물고기와 같이. 그렇다면 하나의 가치에 필요한 정의도 하나일 뿐이다.

날카로운 칼끝이 랍스터의 머리를 절단하자, 껍질이

으깨지는 소리와 함께 투명한 물이 흘러내렸다. 진욱은 랍스터를 거꾸로 들고, 몸에 있는 랍스터의 피가 흘러내리도록 치켜들었다. 유미는 도마 옆에서 차례를 기다리고 있는 랍스터 한 마리를 바라보았다. 유미는 자기 손에서 올라오는 냄새를 맡아 보았다. 비릿한 냄새가 끈질기게 손에 달라붙어 있었다.

이진의 삶은 이지하지 않다

이진은 결코 삶을 쉽게 살아내지 않았다. 최선을, 그
야말로 억척같이 생에 진심을 다했다. 그래서일까, 이진
은 자신이 순식간에 쉰일곱이 되었다고 생각했는데, 아득
바득 살아온 삶의 흔적이 그녀의 말과 행동에 새겨지기에
는 충분한 시간이었다. 병원 근처에서 죽가게를 운영하
는 이진은 새벽마다 장에 들르곤 했다. 죽에 들어갈 육고
기나 채소, 반찬거리를 사기 위해서였다. 시장은 오전 다
섯 시부터 들어차기 시작해 여덟 시만 되면 순식간에 정
리가 되어 버리는, 그야말로 도깨비장이었다. 평상시에
행인들이 걸어 다니는 도로이지만 장이 열리는 이 시간만
큼은 형형색색의 천막과 차양이 도로를 점령하곤 했다.
포대로 만든 임시 매대 위에는 매운 고추와 애호박, 빨간

망에 들어 있는 양파, 그리고 고구마와 가지가 이리저리 널려 있었다. 상인들은 앉은뱅이 의자나 어느 공사장에서 주워 온 플라스틱 통에 엉덩이를 걸치고, 부지런히 손을 놀리고 있었다. 한 상인은 종이박스를 벅벅 찢기 시작하더니 투박한 글씨로 채소 이름과 가격을 쓰고는 소쿠리 위에 무심하게 툭 얹어 놓았다. 종이에는 '브로꼬리 3000원'이라고 쓰여 있었다. 길바닥에 널려 있는 그 여느 가격표 중 오천 원을 넘어가는 것은 없었는데, 그래서 이진은 새벽시장을 좋아했다.

이진은 익숙한 듯 인파를 헤치고 지나가다가 한 수산물 상인 앞에서 멈춰 섰다. 상인은 어지간히 오래 썼는지 날이 닳아 몽땅한 칼을 들고 능숙한 손길로 바지락 입을 벌려 조갯살을 발라 내고 있었다. 이진은 '죽에도 넣고, 볶아 반찬으로 만들어도 좋겠네'라고 생각하며 한 소쿠리를 요청했다. 상인은 새벽부터 부지런히 손질한 바지락살을 검은색 봉지에 아낌없이 털어 넣었다. 봉지를 건네받은 이진은 아직 손질되지 않은 바지락 몇 개를 한 손으로 움켜쥐고는 고맙다고 말하며 서둘러 발걸음을 옮겼다. 이어 큼지막한 양파 한 망을 사고선 옆에 있는 탐스러운 감자 하나를 자신의 장바구니에 넣었다. 마늘 껍질을 까고 있는 할머니 앞으로 다가가서는 요새 새벽시장에 외

국인이 많아졌다느니, 상추값이 예전 같지 않다느니 실없는 대화를 주고받으며 마늘 한 톨을 같이 까고 나서는, 그 톨까지 얹은 마늘 봉지를 받아 들고 왔다. 그러다 보면 어느새 장바구니가 묵직해졌고, 그 묵직함으로 자신이 이제 가게로 출근할 시간임을 깨닫곤 했다. 어금니에 힘이 들어가고, 하중을 건디기 힘들어 어깨가 툭 떨어지고, 악력에 손바닥이 아파 왔지만 이진의 마음만은 든든했다. 언젠가 아들 고명이 새벽시장에 함께한 적이 있었다. 명이는 이진의 행태를 지켜본 뒤 부끄럽다고 눈을 흘겼다. 그를 두고 이진은 이렇게 말할 뿐이었다.

"이게 내가 사는 방식인데, 누가 뭐라고 해!"

이진이라고 처음부터 이렇게 억척스럽지는 않았다. 이진도 자신의 부모가 아득바득 삶을 살아내는 모습을 발견할 때마다 핀잔을 주곤 했다. 이진의 부모는 그녀를 두고서 '매사가 그렇게 정의롭게 살아지는 줄 아느냐' '순박하기 그지없다'고 말하곤 했는데, 이진이 최근에 명이에게 하는 말과 다르지 않았다. 이진이 처음으로 값을 흥정했던 건 스물여섯 무렵이었다. 이진의 아빠가 생을 달리한 그해 말이다.

그는 여느 날과 같이 어시장에서의 일을 마치고 집으

로 돌아와 소주를 유리컵에 한가득 따라 마셨고, 노곤해진 육체를 달래려 방으로 들어가 누웠다. 그러나 소주도 안락을 주지 못한 밤이었다. 그는 밤새 끙끙거렸다. 아파도 참고, 참고, 또 인내하고 참아냈으나 다음 날 시장으로 출근하기 직전에 그는 결국 쓰러지고 말았다. 병원으로 급하게 이송된 그는 진단 결과 간암 말기였다. 자신의 삶을 정리할 시간마저도 주어지지 않았다. 찰나의 임종 시간만이 남겨졌을 뿐이었다. 숨을 헐떡이는 그의 모습을 바라보며 이진은 눈물을 흘렸다. 매사를 정의롭지 못하게, 순박하지 않게 살아내는 삶이 얼마나 버거웠길래, 삶을 살아내는 고통이 육체적 고통보다 얼마나 컸길래 자신이 죽어가고 있다는 사실조차 모를 수 있을까! 고통에 무딘 저 육체가 참으로 고단해 보였다. 컥컥거리며 힘들게 숨을 몰아쉬는 그는 미약한 손짓으로 이진을 불렀다. 이진은 그의 입가로 귀를 가져다 댔다.

"아빠, 뭐라고?"

"…옷"

"아빠, 조금 더 크게 말해 봐."

"…네가 중학생 때… 갖고 싶다던 원피스 못 사줘서 미안하다."

그의 말은 입을 타고 이진의 귀로 흘러들어와 이내 마음을 버석거리게 만들었다. 그 말을 끝으로 그의 턱이 위로 스르르 젖혀졌다. 컥, 컥 두 번의 단말마로 그는 생을 마감했다. 마지막 유언이 된 말에는 오직 자녀에게 무엇이든 해 주지 못한 후회밖에 없었다. 그가 죽고 일주일이 지나서 이진의 엄마는 일을 하러 나갔다. 늘 남편과 같이 가던 길을 혼자서 오가며 수십 번 무너져 내렸으나 그녀는 다시 일어서서 일을 했다. 이진 또한 한 사무실에서 일을 시작했다. 때론 마음이 버거워 쉬고 싶은 순간들이 찾아오기도 했다. 하지만 시간은 기다려 주는 법이 없어서, 세상은 멈추는 법이 없기에 그녀들은 열심히 주어진 하루를 살아냈다.

그의 빈자리가 전보다 옅어져, 이따금만 떠오를 무렵 계절이 바뀌었고 매서운 날씨가 찾아왔다. 서늘한 바람이 신발 안쪽으로 들어와 발가락 사이사이를 통과했다. 하도 움츠러들어서 뼈 마디마디가 아플 정도였다. 이진은 서둘러 집으로 향하는 중 한 옷 가게의 쇼윈도 너머로 도톰한 카디건을 발견했다. 하얗고 두꺼운 실로 직조한 듯한 카디건의 양쪽 소매에는 파란 제비꽃이 자수로 새겨져 있었다. 이진은 카디건에서 눈을 뗄 수 없었다. 이진은 홀린 듯이 매장 안으로 들어가 카디건의 가격을 물어보았다. 카디건은 오만팔천 원이었다. 혼자만의, 그러니까 가족을 꾸리기 전의 자신이라면 턱턱 샀을 물건들이 이제는 주저하게 되는 이유라면, 아마 배 속에 있는 아이 때문일 테다. 이진은 매장 직원에게 물었다.

"오만팔천 원은 조금 비싸네요. 우수리 떼고 오만 원에 어때요? 물론 현금으로."

그러나 직원은 이 카디건 단가 자체가 비싸다며, 단추도 저렴한 단추가 아니라 세심하게 문양이 들어간 단추라고 말했다. 이진은 단추를 자세히 들여다보았다. 단추는 실내등을 받아 작은 불씨처럼 반짝였다. 갈색과 흰색이 오묘하게 섞인 단추를 바라본 이진은 더욱 욕심을 떨치기가 어려워졌다.

"그럼 오만오천 원까지만 해 줘요, 네?"

그러나 이미 이진이 사겠다는 마음이 있다는 것을 확인한 직원은 고개를 저을 뿐이었다. "우린 안 팔아도 된다"며, 굳이 가격을 깎겠다는 이진에게서 등을 돌리려는 직원을 붙잡고 이진은 마지막으로 말했다.

"오백 원만, 오백만 원 깎아 줘요!"

그런 이진을 두고 직원은 기가 막힌다는 듯 김 샌 웃음을 지었다. 이진은 기어코 오백 원을 깎아 오만칠천오백 원을 현금으로 지급하고 나오는데, 직원의 말이 뒤에 꽂혔다.

"오백 원 아껴서 뭐 대단한 거 하시겠다고, 참."

이진은 서둘러 매장을 뛰쳐나왔다. 그리고 정류장을

막 출발하려는 마을버스를 향해 손을 흔들어 세우고 재빨리 몸을 실었다. 자리에 앉은 이진은 무릎 위에 있는 쇼핑백을 내려다보았다. 열린 쇼핑백 사이로 제비꽃 자수가 보였다. 자신을 위한 마지막 욕심일지도 몰랐다. 그래서 욕심내고 싶었다. 이진은 손안의 동전 무게를 느끼며 창가로 머리를 기댔다. 이제 이런 일이 비일비재할 것이다. 오늘은 그 각오였던 것뿐이다. 아주 잠시, 찰나의 시간만을 견디면 모든 것이 쉬이 익숙해질 것이다.

이진은 그 뒤로 아이 젖병을 살 때 천 원을 깎았고, 대나무로 만들었다는 거즈 손수건을 살 때 삼천 원을 깎았다. 세월이 흘러서는 남편 와이셔츠를 한 벌 사면 검은 양말을 서비스로 얻어낼 수 있었고, 그렇게 아낀 돈으로 가게를 세 얻었을 때는 월세를 삼만 원이나 내려서 계약할 수 있었다. 그러면서 점차 이진은 가격 흥정을 하는 순간을 부끄러워하지 않게 되었고, 이내 자부심까지 갖게 되었다. 정말로 이진에게는 이것이 삶을 살아가는 하나의 방식이 되고 말았으므로. 체득된 삶의 양식이 되어 버렸으므로.

"채애애액?"

이진은 말을 늘어뜨리며 자신이 들은 게 제대로 들은 게 맞냐는 듯 물었다.

"책을 읽으라는 의미가 아니라, 유명한 작가가 온다니까 같이 만나러…"

고명이 말을 채 끝내기도 전에 이진이 말했다.

"됐다! 나는 책이랑 안 친하니까, 너 혼자 다녀와라."

이진은 다시 손에 쥐고 있던 고구마 줄기를 다듬기 시작했다. 명이가 한참을 아무 말 없이 이진의 앞에 앉아 있었지만, 이진은 그 시선이 느껴지지 않는지 아무렇지 않게 줄기를 다듬는 데 집중했다.

"엄마는 늘 이런 식이지."

명이는 지난날의 이진을 떠올렸다. 이진은 늘 그랬다. 처음으로 아르바이트를 하고 돈을 벌어 온 날, 엄마도 맨날 입는 그 누런 카디건 대신에 브랜드 있는 옷을 사 입으라고 돈을 건네자, 코 묻은 돈을 어떻게 쓰냐며, 그래도 정 선물하고 싶다면 내복이나 한 벌 사 오라던 이진이었다. 엄마도 이제 건강을 챙겨야 한다며 집 근처 필라테스 학원에 등록해 두었더니, 운동이랑 안 친하다며 왜 자신에게 물어보지도 않고 그렇게 큰돈을 덥석 결제했냐며

화를 내는 게 이진이었다. 항상 집과 죽가게만 왔다 갔다 하는 엄마에게 영화를 보러 가자, 뮤지컬을 볼까 하고 물으면 나는 그런 고급진 취미랑 안 맞는다고 말하던 이진이었다. 명이는 그런 이진을 마주할 때마다 진절머리가 날 정도였다. 명이가 이진을 생각해서 한 행동들을 '뭐 하러 그런 쓸데없는 짓을 하느냐'로 시작해서 결국은 '그런 것들은 나랑 안 친하니까, 너나 많이 해라'로 무위한 것들로 마침표를 찍어 버리는 것 같았기 때문이었다. 그러면서도 동시에 이진이 안쓰럽기도 했다. 쉼표가 없는 일상이 익숙해진 저 육체가 심히 고단해 보였다. 모처럼 가게를 쉬는 날인데도 지금 저렇게 고구마 줄기를 다듬고 있는 이진을 보라. 그녀의 인생은 일하기 위해서 존재하는 것만 같았다.

뚝, 고구마 줄기가 반이 꺾이고 이내 이진이 섬세한 손길로 줄기 겉의 껍질을 벗겨 내자 싱그러운 연녹색의 고구마순이 나왔다. 둘 사이에는 여전히 아무 말도 없었다. 침묵하는 시간만큼 소쿠리에는 고구마순이 쌓여 가고 있었다. 명이는 아직도 울창하게 쌓여 있는 더미에서 고구마 줄기를 하나 집어 들어 뚝, 분질렀다. 이어 반으로 갈라진 두 줄기 사이를 아슬아슬하게 연결해 주는 껍질을 조심스럽게 잡아 벗겨 보았지만, 껍질은 줄기 끝까지 이어지지 못하고 중간에 끊어지고 말았다. 반토막 난 줄기를 다시 반을 부러뜨려 껍질을 벗겨 보았지만 쉽지 않았다. 이진의 것과 비교하니 자신의 고구마순들은 턱없이 짧아져 있었다. 그럼에도 이진은 그만두라는 말을 하지 않았다. 명이도 부지런히 손을 움직였다. 한참 뒤 명이가 입을 열었다.

"나를 위해서 같이 가주면 안 될까? 그 사람 되게 유명한 사람이라 꼭 만나 보고 싶었거든."

"…"

"사인도 해 주고 사진도 같이 찍어 준다잖아. 그런데 혼자 가면 사진 찍어 줄 사람도 없고…."

"…"

대화 사이의 공백은 뚝, 뚝 고구마 줄기가 끊어지며 내는 소리로 메워지고 있었다. 이진은 명이를 바라보지도 않고, 그렇다고 고구마 줄기를 손질하던 손도 멈추지 않고선 물었다.

"나는 사진만 찍어 주고 와도 괜찮지?"

"그것만으로도 충분해."

명이가 신이 나 열심히 줄기를 부러뜨리며 다듬고 있는데, 드디어 이진이 한마디 했다.

"어지간히 해라. 줄기가 그렇게 짜리몽땅하면 나물할 때 물러서 아삭한 맛이 덜해!"

이튿날 이진은 명이와 함께 집을 나섰다. 이진은 늘 입던 아이보리 카디건에 은은한 보라색 스카프를 두르고, 브라운색 골덴 바지에 검은색 단화를 신었다. 명이는 이진에게 할 말이 있는 듯 입을 우물쭈물거리다가 "어서 차에 타"라고 말했다.

이진은 명이가 삼킨 말들을 짐작했다. 그러나 이진은 지금 자신의 차림새가 상당히 만족스러웠다. 이진은 이렇게 입었을 때 자신에게 가장 잘 어울렸던 시절을 기억하고 있었다.

명이가 가야 한다던 서점은 집에서 제법 떨어진 거리에 있는지라 차를 타고 이동해야 했다. 오늘의 운전자는 명이였다. 명이는 이진을 겨우 설득해서 운전대를 잡았다. 군대까지 다녀온 다 큰 성인이건만 이진은 아직도 명이를 세상 물정 모르는, 시골에서 자라 순박하고 천진난만한 아이로만 바라보고 있었다. 오늘 운전대를 잡고자 고집한 이유도 거기에 있었다. 라디오를 켜거나, 볼륨을 조절하거나, 난방을 트는 등의 여유도 보였다. 하지만 조수석에 앉은 이진은 좌석 상단에 붙어 있는 손잡이를 꼭 붙잡고 있었다. 명이는 그런 이진을 향해 외쳤다.

"엄마! 사람에게 최소한의 신뢰를 가져 봐!"

이진은 늘상 그렇듯 한마디만 할 뿐이다.

"허튼짓하지 말고 앞만 봐라."

이진의 우려와 달리 명이는 능숙하게 운전했다. 앞차와 적당히 안전거리를 벌일 줄도 알았고, 브레이크를 천천히 밟아 차를 정차시킬 줄도 알았다. 운전하는 아들의 옆모습을 바라보며 이진은 상념에 빠져들었다. 사십 분쯤 달렸을까, 명이가 말했다.

"도착했어."

명이는 주차까지 매끄럽게 마무리한 뒤 조수석 쪽으로 뛰어와 문을 열어 주었다. 이진은 입으로 터져 나오려는 웃음을 꾹 눌러 참았다. 명이는 다 큰 어른 같았다가도 한순간에 어린아이로 바뀌곤 했는데 지금이 딱 그랬다. 쫄래쫄래 뛰어와 문을 열어 주는 아들이 마냥 귀여워 보인 것이다. 어렸을 때처럼 볼을 늘어뜨려 꼬집거나 엉덩이를 톡톡 두들겨 주고 싶어질 정도였다. 애써 아들의 사랑스러움을 외면한 이진은 명이의 에스코트를 받으며 서점 안으로 걸음을 옮겼다. 문을 열자 청명한 도어벨 소리가 울려 퍼지고 잠시 후 한 여자가 나와 반갑게 명이를 불렀다.

"고명 씨!"

"안녕하세요, 지기님. 잘 지내셨어요?"

명이가 서점 주인인 듯한 여성과 인사를 주고받는 동안 이진은 맞잡은 그들의 손을 쳐다보았다. 명이는 이진의 시선을 눈치채고 서둘러 말했다.

"엄마, 이분은 서점 대표 박선주님이셔."

이어 명이는 선주에게 이진을 소개했다.

"지기님, 저희 어머니셔요."

선주는 이진의 손을 붙잡고 말했다.

"반갑습니다. 안 그래도 함께 오신다고 고명 씨에게 이야기 들었어요."

이어 선주는 오늘 오는 작가 이름이 하이안이며, 처음 작가 이름을 들은 이들이 남자로 착각하기도 하지만 사실은 여자이고, 최근에 쓴 소설 『미아』가 해외에서 문학상을 받았다고도 이야기해 주었다. 이 소설에 등장하는 주인공 미아도 아이를 키우고 있는 엄마인 데다 여성의 애환을 다룬 소설이므로 이진도 강연에 공감할 수 있을 것이라고 도 덧붙였다.

이진은 손을 붙잡고 차분히 이야기를 들려주는 선주 덕분에 낯선 공간에서의 긴장감과 불편함을 쉽게 내려놓을 수 있었다. 이어 점차 많은 사람이 들어오자 선주는 양해를 구하고 다른 사람들을 맞이하러 갔다. 선주는 들어오는 모든 이의 손을 잡고 반겼다. 이진이 그런 선주를 빤히 바라보고 있자, 명이는 이진의 옆으로 와서 말했다.

"엄마, 아까 지기님이랑 손잡은 거 말이야…"

이진은 명이의 말을 끊고 물었다.

"지기가 뭐야, 자기?"

명이는 얼굴을 붉히며 절대 아니라고 손사래를 치며

말했다.

"아니! 책방을 지키는 사람이라는 의미로 말하는거야. 자기가 아니라, 지기!"

고개를 끄덕이는 이진을 향해 명이가 말했다.

"남녀가 손잡으면 다 사귄다고 생각할 수 있는데, 전혀 그렇지 않아. 그냥 인사야. 엄마도 정육점 이모랑 인사할 때 손을 맞잡고 흔들잖아. 그거랑 다를 거 없어. 손끝의 온기를 통해 환대하는 거지."

이진은 명이가 말하는 환대를 이해할 수 있을 것 같았다. 전혀 모르던 이에게 시선이 가고 마음이 움직이는 걸 보니 말이다. 손등을 덮어 주는 타인의 손바닥 온도는 사람의 마음을 간질이기에 충분했다. 점차 시간이 흘러 서점은 사람들로 북적이기 시작했다. 명이는 사람들과 인사를 주고받고 있었다. 함께 독서모임을 하는 친구들이니 뭐니 하도 소개하길래, 이런 분위기에 친숙하지 못한 이진이 말했다.

"나는 신경 쓰지 말고 네 할 일 해라."

이진은 명이가 맡아 둔 자리에 앉아서 휴대폰을 꺼내 들었다. 그러면서도 시선은 명이에게서 떨어질 줄 몰랐다. 많은 사람 사이에서 편안하게 이야기를 나누는 명이의 모습이 왜인지 낯설었다. 서로 인사를 건네고, 안부를 묻고, 근황을 나누며 웃음을 짓고 때로는 놀라기도 하는 명이의 모습은 이진이 고명이라는 한 사람을 똑바로 바라보게 했다.

그때 일순간 서점 안이 조용해졌다. 다들 소곤거리며 '작가님 오셨다'라고 작은 목소리로 환대하고 있었다. 이진은 그제서야 고개를 들어 서점 입구에 서 있는 이를 바라보았다. 이진은 그녀가 바로 명이가 만나기를 학수고대하던, 바로 그 작가임을 알아차렸다. 어깨에서 부드럽게 휘어져 가슴께로 길게 이어지는 자연스러운 곱슬머리를 한 하이안은 브라운 톤의 캐시미어 재킷과 스커트를 입고 있었다. 이진은 하이안이 젊은 작가인 줄 알았지만, 실물을 보니 이진과 비슷한 나이대로 보였다. 그러나 얼굴의 미세한 주름에서만 세월을 느낄 수 있을 뿐, 새치 하나 없는 매끄러운 머리카락이나 깔끔하고 세련된 옷차림에서는 전혀 그런 기색이 보이지 않았다. 하이안의 주름은 되레 그녀의 고유한 분위기를 더욱 돋보이게 했다. 하이안의 주름은 소란보다 고요에 가까웠다. 그 잔물결에 세월보다 기품이 먼저 읽혔다. 그녀는 검은 단화를 신고 있었는데 걸음을 옮길 때마다 단화 굽이 맑은 울림을 일으키고 있었다. 선주는 하이안에게 다가가 인사를 건넸다.

"먼 길 오느라 고생 많으셨어요."

하이안은 살포시 웃으며 말했다.

"오는 길마저 포근하고 좋았어요."

그녀의 말은 대단히 우아하고 차분해서 이진은 시선

을 뗄 수 없었다. 어느새 옆으로 온 명이가 이진의 귓가에 속삭였다.

"작가님 정말 멋지지?"

이진은 끄덕였다. 선주와 하이안이 잠시간 인사를 주고받고 난 이후, 선주는 하이안을 서점 안쪽으로 안내했다. 선주의 두 손은 전과 달리 하이안이 나아가야 할 방향 쪽으로 뻗어져 있었다. 손바닥이 하늘로 향하게 하고 두 손을 쭉 펼치며. 선주가 먼저 관중을 지나치며 길을 만들자 그 뒤로 하이안이 따라갔다. 이동하는 짧은 시간에도 하이안은 자신에게 말을 건네오는 독자들에게 가볍게 고개를 숙여 인사를 했다. 그녀는 인사하며 흘러내린 머리칼을 귀 뒤로 넘겼는데, 오른손 손가락에는 은반지가 은은하게 빛나고 있었다. 잠시 후 하이안이 자리에 앉자 선주가 객석을 향해 말했다.

"자, 이제 시간이 되었으니 행사를 시작하겠습니다. 시작에 앞서 하이안 작가님께서는…"

선주는 아까 이진에게 소개해 주었듯 하이안에 대한 소개를 늘어놓았다. 그녀의 무수히 많은 작품들, 지금까지 받았던 문학상들의 목록을 읊었다. 그동안 하이안은 가만히 웃으며 앉아 있었다. 객석에는 어쩐지 긴장감이 돌았지만 하이안은 편안해 보였다. 여유가, 그녀가 앉아 있는 자세에도 드러나는 듯했다. 선주가 소개를 마무리

하자, 드디어 하이안이 입을 열었다.

"안녕하세요, 소설가 하이안입니다. 오늘 많은 분이 자리해 주셨네요."

하이안의 목소리는 작았다. 조곤조곤 귀에 들어오는 목소리에 사람들은 한껏 숨을 죽였다. 하이안이 관객을 훑는 시선에 이진은 저도 모르게 흠칫 놀랐다. 이진은 민망하여 주변을 둘러보았다. 옆자리에 있던 명이는 하이안의 한마디라도 놓치지 않으려는 듯 앞만 보고 집중하고 있었다. 하이안은 자신 앞에 있는 책 『미아』를 들어 보이며 말했다.

"오늘은 이 책의 주인공 미아를 중점으로 이야기를 해 볼까 합니다. 소설을 읽어 보신 분들은 아시겠지만, 책에 등장하는 미아는 고등교육을 받은…"

그때 찰칵, 찰칵 요란한 카메라 소리가 공간을 압도했다. 이진이었다. 이진은 명이의 옆모습을 찍기도 하고, 자리에서 일어나 명이와 하이안을 한 컷에 담으려 이리저리 카메라 각도를 바꾸고 있었다. 명이는 화들짝 놀라며 이진의 손을 붙잡았다.

"엄마, 제발!"

어느새 이진 곁으로 온 선주는 조용히, 그러나 단호히 말했다.

"잠시 후 사진 촬영 시간을 따로 드리니까요. 지금은

자제 부탁드립니다."

당황한 나머지 다시 한번 셔터를 눌러 버린 이진에게 선주는 속삭이며 물었다.

"어머님, 무음 모드는 하신 거 맞죠?"

이진은 머리를 푹 숙이고선 미약하게 고개를 끄덕였다. 그제야 이진에게 몰려 있던 시선들이 제자리로 돌아갔다. 하이안의 목소리도 다시금 마이크를 통해 흘러나오고 있었다.

"미아는 성격이 급해서 손이 빠르고, 열정과 책임감도 있는지라 일과 가정 모두에서 톡톡한 역할을 해 내죠. 주변에서 인정도 받고요. 그런 미아가 어느 날 갑자기…"

이진은 무릎 위에 얹어진 책을 바라보았다. 명이가 나중에 사인을 받아야 한다며 맡겨 두었던 책 『미아』였다. 표지에는 벌거벗은 한 여자가 온통 까만 숲 사이에서 웅크리고 있었다. 까만 수백 그루의 나무들은 어둠 속에 있어서 까만 것일까, 아니면 새까맣게 타버린 것일까. 그 울적한 숲 한가운데서 발가벗고 있는 한 여자가 바로 미아일 것이다. 미아는 두 무릎을 꼭 끌어안고 그 사이로 고개를 숙이고 있었다. 고개는 묘하게 옆으로 틀어져 있었는데, 그 너머로 미아의 시선이 느껴졌다. 이진은 그 시선을 마주하며 생각했다.

나는 왜, 이토록이나 낯선 공간에 있는 것일까. 아! 아들 고명이 바라서였다. 명이는 책을 참 좋아했다. 바쁘다는 이유로 그림책 한 권 읽어 주지 못했건만, 명이는 스스로 책을 찾아 읽던 총명한 아이였다. 저 대견한 아이를 보라. 책으로, 지식인으로 둘러싸인 이 공간에서 아이는 전혀 주눅 들지 않고 자연스럽게 녹아들고 있지 않은가. 자꾸만 움츠러드는 건 못 배운 자신밖에 없다. 아이의 경외와 존경심에 찬 시선이 향하는 방향을 보라. 시몬 드 보부아르니 타자성과 자유라느니, 낯선 말들이 자연스럽게 나오는 저 입, 버들나무처럼 부드러운 손짓, 휘어지는 법이 없는 꼿꼿한 등허리. 모든 것이 얼마나 시선을 붙들어 두는가.

그때 이진은 마이크를 들고 있는 하이안의 손에 끼워진 은반지를 발견했다. 마치 그녀가 지금 입고 있는 카디건을 처음 발견했던 그날처럼, 그 영롱한 빛을 내는 반지는 순식간에 이진에게로 다가와 마음을 사로잡았다.

미아는 그동안 미아로서 살았던 지난 시간을 더듬어
보았다. 세상에 태어나 부모가 그녀에게 미아라는 이름
을 붙여 주었을 때, 그제야 미아의 시간이 흐르기 시작했
다. 미아는 운이 좋았다. 부모가 지극히 평범했기 때문이
다. 그들은 자신의 꿈을 위해 축적해 두었던 미래를 아낌
없이 미아에게 주었다. 유한한 자원과 한정된 시간을 미
아를 위해 헌신했다. 그것이 평범한 부모라면 마땅히 자
식에게 해야 할 도리라고 여겨졌기 때문이다. 덕분에 미
아는 그녀의 부모가 평생 갖지 못할 박사 학위를 두 손에
거머쥘 수 있었고, 번듯한 직장에 들어가 그녀의 부모가
십여 년 동안 쌓아 온 급여와 맞먹는 초봉을 받을 수 있었
다. 그리고 그곳에서 앞으로 자신과 비슷한 생애를 살아

갈 남자와 사랑에 빠졌다. 허술한 조화로 장식된 부모의 결혼식장과 달리 은방울꽃을 비롯한 생화로 장식된 호텔에서 코스별로 나오는 요리를 먹으며 성대한 결혼식을 올릴 수 있었다. 미아는 부모와는 다른, 부모보다는 더 나은 삶의 궤적을 걸어가고 있는 듯 보였다.

미아는 식탁을 둘러보았다. 맞은편에 앉은 남편이 아이를 향해 생선살을 발라 주고 있었다. 가시만 남은 접시와 달리 아이의 밥그릇에는 하얀 살들이 가득 쌓여 있었다. 미아 자신도 살점을 들고서는 혹여나 잔가시가 있을까 봐 이리저리 살펴보다 아이의 숟가락 위로 생선을 올려 주었다. 아이는 두 볼이 미어터져라 밥을 쑤셔 넣기 시작했는데, 그 모습마저도 마냥 사랑스러웠다. 식사를 마치자 남편은 자연스럽게 고무장갑을 끼었다. 미아는 남편을 힐끗 쳐다보았다. 남편은 덜그럭 요란한 소리를 내며 설거지하기 시작했다. 최근 일이 많아진 남편은 집안일을 하며 저렇게 감정을 드러내곤 했다. 미아는 '하기 싫으면 그만둬'라고 말하려다가, 눈앞에 산재해 있는 빨래 더미에 남편의 한숨 소리를 못 들은 척했다. 몇 주 동안이나 밀린 빨래는 끝없이 쌓여 있었다.

한참이나 옷감들과 싸움을 하던 미아가 드디어 허리

를 펴고 집안을 돌아보았다. 남편과 아이는 샤워하러 갔는지 화장실 안에서는 물소리와 함께 간간한 웃음소리가 새어 나오고 있었다. 화장실 문 앞에는 허물들이 늘어져 있었는데, 바로 옆에 있는 빨래통은 빨랫감을 토해내고 있었다. 미아는 빨래를 세탁기에 넣어 두고 나서 아이의 장난감을 정리했다. 바닥에 떨어진 물건이 없는지 확인한 미아는 로봇청소기를 돌렸고, 청소기가 돌아가는 동안 청소도구를 챙겨 안방에 있는 작은 화장실로 들어갔다. 거울은 물때로 얼룩져 있었고, 칫솔을 두었던 자리에는 하얀 치약 자국이 말라붙어 있었다. 미아는 브래지어를 벗고, 화장실 청소를 할 때면 늘 입는 얼룩진 반팔 티셔츠를 입었다. 그리고는 세정제를 흠뻑 머금은 솔로 변기를 닦고, 타일 사이사이에 스며들어 있는 곰팡이를 벅벅 문질러 닦았다. 얼추 청소를 끝내자 화장실에는 락스 냄새가 진동했다. 코끝을 아리는 락스 냄새, 지독하기만 했던 락스 냄새가 향기로워진 건 언제부터였을까.

물에 젖은 티셔츠를 벗고 있는데 샤워를 마친 남편과 아이가 방 안으로 들어왔다. 헐벗고 있던 미아는 볼을 붉히며 나가라고 외쳤고, 그런 미아에게 남편은 한두 번도 아닌데 왜 새삼스레 부끄러워하냐고 물었지만, 결국 안방의 문을 닫아 주며 아이와 함께 거실로 나갔다. 방 안에 홀로 남게 된 미아는 자신의 몸을 내려다보았다. 출산으로 늘어진 뱃가죽, 건조해서 하얗게 일어난 다리, 거뭇거뭇한 무릎과 어느새 자라난 겨드랑이털이 눈에 들어왔다. 이제는 낯설지 않은 익숙하기 그지없는 몸이었다. 남편과 아이도 미아라고 여기는 자연스러운 몸이었다. 미아는 깨달았다. 익숙하고 자연스러운 상태가 실은 미아에게는 굉장히 낯선 상태라고 말이다.

그때부터 미아는 일상의 규칙을 일그러뜨리기 시작했다. 화목했던 가족의 식탁에는 배달 음식이 올라가기 시작했다. 개지 못한 빨래는 방 하나를 차지하고 있었다. 남편과 아이는 빨래 더미에서 그날 입을 옷을 뒤적거리며 찾아 입었다. 변기에는 대소변의 얼룩이 눌어붙어 있었고, 치약 얼룩 위로는 제때 치우지 못한 치실이 쌓여 있었다. 침대 옆 탁자에는 컵이 다섯 개나 있었고, 이불을 펄럭일 때마다 먼지가 눈에 보일 정도였다. 사람의 땀이 얼마나 지독한지, 하얀 베개는 누런색으로 변해 있었다.

남편은 미아의 눈치를 보다가 몇 번이고 대화를 시도했지만, 미아는 '집안일을 안 하는 내가 이상해?'라고 신경질적으로 되물었다. 미아가 보름이 지나도록 원래의 미아로 돌아오지 못하자 남편은 아이에게 더 신경을 쓰기 시작했다. 아이의 유치원 가방에 준비물을 챙겨 넣어 주고, 깨끗한 옷을 준비하고, 반찬가게에서 사 온 반찬과 국으로 아이의 저녁을 차려 주기 시작했다. 미아는 그러면서 점차 회사에서 보내는 시간이 길어졌다. 평소 야근이라고는 잘 하지도 않던 미아가 야근을 하고, 출장을 가고, 새로운 프로젝트에도 적극적으로 참여하기 시작하자 직장 동료 중 한 명은 미아에게 이번에 인센티브나 승진을 노리고 있냐고 묻기까지 했다.

모처럼 일찍 퇴근한 미아가 집에 들어가자 남편과 아이는 저녁 식사 중이었다. 남편은 아무 말 없이 식탁에 밥 한 공기와 수저 한 벌을 올려두었다. 미아는 식탁에 가서 앉았다. 남편은 미아를 쳐다보지 않았다. 아이는 메추리알 반찬을 잡으려 애를 쓰고 있었다. 번번이 실패하며 한숨을 푹 내쉬는 아이가 마냥 귀여웠다. 미아는 아이를 도와주려 젓가락을 들었다. 그런데 그때 남편이 미아를 쳐다보더니 눈빛을 보내왔다. 그 눈빛이 말하는 바는 명확했다.

하지 마.

미아가 젓가락을 물리자 남편은 자상하게 웃으며 아이에게, 다시 한번 도전해 보라며, 그래도 잘 안 되면 아빠가 도와주겠다고 말했다. 아이는 서툰 젓가락질로 노력해 보았지만 결국 메추리알은 식탁에 톡 떨어지고 말았다. 아이는 답답한 듯 결국 손가락으로 쏙 집어 먹었다. 남편은 그런 아이의 머리를 헝클어뜨리며 환하게 웃고 있었다. 아이도 남편의 웃음에 개구쟁이처럼 씨익 마주 웃어 보였다. 그리고 미아는 그 속에서 철저히 혼자였다.

　박수 소리가 들렸다. 강연 내내 상념에 빠져 있던 이진은 박수 소리에 화들짝 놀라고 말았다. 하이안의 이야기가 끝난 것이다. 명이는 싱긋 웃으며 이진의 손을 잡아주었다. 이진은 자신이 오늘 이곳에 온 이유를 떠올리고는 명이에게 물었다.

　"지금부터는 사진 찍어도 되는 거니?"

　"아니, 줄부터 서야 해."

　명이의 말처럼 사람들이 사인을 받기 위해 줄을 서고 있었다. 이진은 점차 길어지는 줄을 보고서는 마음이 조급해졌는지 재빨리 뛰어가 자리를 잡고는, 명이를 향해서 오라고 손짓했다. 명이는 피식 웃으며 이진의 옆으로 갔다. 이진은 벌써부터 휴대폰에 있는 카메라 기능을

커 두었는데, 사람들 사이에 끼어 있던 이진은 자신도 모르게 카메라 버튼을 누르고 있었다. 카메라는 이진의 발이나 앞사람의 코트 자락을 찍어 대고 있었다. 잠시 후 차례가 오자 명이는 손에 들고 있던 책을 펼치고선 하이안에게 내밀었다. 그동안 이진은 명이를 찍어 주려 서너 걸음 뒤로 물러서 엉거주춤 자세를 취하고 있었다. 하이안은 명이를 향해 "반갑습니다" 인사를 한 뒤 명이의 눈을 똑바로 바라보았다. 명이는 쑥스러움에 괜히 앞머리만 매만지며 말했다.

"작가님, 이번 작품 너무 좋았습니다. 가족 안에서 역할을 잃은 미아가, 이름처럼 인생의 '미아'가 되어 혼란을 겪는 그 감정에 오롯이 몰입할 정도였어요. 저는 아직 미혼이지만요."

하이안은 명이의 말에 자상하게 웃으며 물었다.

"주제 때문인지 여성 독자들이 많은 편인데, 영광이네요. 성함이 어떻게 되시죠?"

"김이진입니다."

명이는 자신의 이름이 아니라 이진의 이름을 말했다. 정신없이 카메라 셔터를 누르고 있던 이진은 갑작스레 들려오는 자신의 이름에 서둘러 뛰어갔지만, 이미 하이안이 책에 사인을 하고 난 후였다. 이진은 허겁지겁 아들 이름으로 바꿔 달라고 말했으나, 난처해하는 하이안의 기색을 읽은 명이가 서둘러 말했다.

"엄마에게 선물로 주고 싶어. 같이 와줘서 고맙다는 선물로."

이진은 명이로부터 건네받은 책을 빤히 내려다보았다. 어쩐지 미아의 집요한 시선이 느껴지는 듯했다. 고개를 푹 숙이고 있으면서도 어느 샌가 이진을 응시하고 있는 미아의 눈빛은 명이가 말한 것처럼 혼란이나 좌절과는 어울려 보이지 않았다. 되레 포기하지 못한 무언가를 찾는 듯한 눈빛이었다. 책을 펼치자 안에는 유려한 필체로 자신의 이름과 짤막한 글이 쓰여 있었다.

김이진 님께,

어쩌면 당신도 한때 미아였을 수도.

어쩌면 당신이 미래에 미아가 될지도.

어쩌면 이미 수많은 미아를 만나고 지나쳐 왔을지도.

드러내지 못하고, 알려지지 못하고, 기록되지 못한 미아를 위해.

— 하이안

이진은 종이 위에 쓰인 자신의 이름을 손끝으로 매만져 보았다. 코에는 잉크 냄새가 감도는 듯했다.

"서체에도 사람이 묻어날 수 있구나."

조용히 중얼거린 이진은 종이를 계속해서 쓸어 보았다. 종이 위에 잉크가 스며든 느낌이 고스란히 전해졌다. 한 번도 만년필을 써 본 적 없는 이진은 그녀의 필체를 통해 상상해 볼 수 있었다. 손끝에서 섬세한 감각이 살아나는 듯했다. 만년필이 종이를 스치는 순간마다 적당한 마찰이 느껴지고, 손의 압력에 따라 잉크의 굵기와 농도가 미묘하게 변해 마치 글씨가 숨을 쉬는 것처럼 생동감이 더해지겠지. 때마침 천장에 있던 조명이 글자를 비추니 잉크를 머금은 활자는 오묘한 색깔로 빛났다. 이진은 책을 내려다보고 있느라 정작 명이의 사진을 찍어 주지 못했다는 것을 한참 후에서야 깨달았다.

—

부엌에서 싱크대를 등받이 삼아 바닥에 앉아 있던 이진을 깨운 건 명이었다.

"엄마, 거기서 뭐 해? 배고파."

이진은 "벌써 저녁 시간이 됐구나"라고 말하며 자리에서 일어섰다. 그러고는 어제 한솥 끓여 놓은 미역국을 덜어 국그릇에 담았다. 이어 냉장고에 이리저리 쌓여 있는 반찬통들을 꺼내 테이블에 늘어놓았다. 크기도 색깔도 모양도 제각각인 반찬통이 오늘따라 왜 이렇게 이진의 시선을 어지럽히는지. 이진은 그릇에 반찬들을 조금씩 덜어 담을까 생각했다가, 이내 고개를 저었다. 그릇 하나가 일이 되기 때문이었다. 그때 도어락 누르는 소리가 들렸다. 그러다가 비밀번호가 틀렸는지 소란스러운 기계음이 한 차례 들리고, 또다시 비밀번호를 누르는 소리가 들렸다. 문을 열고 들어온 이는 이진의 남편 고환이었다. 고환은 "오늘 저녁도 미역국이야?"라고 말하며 식탁에 앉았다.

"당신은 도어락 하나도 왜 이렇게 정신없이 눌러 대는 거야. 좀 점잖게 못 해?"

"아니, 도어락을 점잖게 어떻게 눌러?"

고환은 뜬금없이 쏟아지는 잔소리에 당황해 하더니 이내 장난스럽게 말했다.

"아하, 문 앞에서 흠흠 거리며 헛기침도 한 번 하고, '이제 도어락을 눌러 봐도 괜찮겠소'라고 버튼한테 물어본 다음에 뒷짐 지고 들어와야 하나?"

이진은 고환에게 미역국을 던지듯 내려놓으며 말했다.

"그냥 미역국이나 드셔."

"흠흠, 그러겠소."

장난스러운 환이의 말에 이진은 한숨을 내쉬며 식탁에 앉았다. 환이 후루룩 미역을 들이키며 물었다.

"오늘 명이랑 책 뭐시기 하러 갔다며, 어땠어?"

"…"

이진이 아무 말도 하지 않자 명이가 나서서 말했다.

"하이안 작가님 만나러 간다고 했잖아요. 이름 또 까먹었죠?"

"음."

"그리고 보니 하이안 작가님의 첫 작품이 뭔지 아세요?"

"내가 그런 걸 어떻게 알겠니."

"하얀. 하얀이에요. 제가 고등학교 때 정말 감명 깊었다고 말한 책이잖아요. 왜 책 제목이 '하얀'인 줄 아세요?"

"내가 그런 걸 어떻게 알겠니."

"하이안, 이름을 빨리 발음해 보세요."

환이는 명이가 시키는 대로 하이안의 이름을 여러 번 불러 보았다.

"하이안. 하이안. 하이안. 하이안. 하얀."

"이제 알겠죠? 작가님이 하얀 것들을 참 좋아한대요. 그래서 첫 작품에는…"

환은 명이의 말을 들으며 반찬들을 훑어봤다. 젓가락을 입에 물고 잠시 고민하더니만 깍두기가 담겨 있는 반찬통으로 젓가락을 가져갔다. 환이 집은 깍두기는 입 안에서 아삭, 아삭 씹히며 식욕을 돋우는 소리를 만들어냈다. 이진은 그런 남편을 바라보다가 물었다.

"당신은 어째 이름도 고환이야."

환은 국그릇에 처박았던 고개를 들어 미간을 찌푸리며 말했다.

"내가 성 떼고 부르라고 했재, 환이 말이다. 환이."

이진은 그에 말했다.

"그래, 환이, 고환이!"

이진의 말에 환은 오른쪽 눈썹을 꿈틀거렸고, 이들의 대화를 듣고 있던 고명은 한숨을 내쉬었다.

"엄마, 아빠 유치해 증말."

환은 멋쩍은 미소를 지으며 아들에게 말했다.

"…어서 밥이나 무라."

환과 명이는 다시 식사에 집중하기 시작했다. 미역국에 밥을 말아 먹기도 하고, 깍두기를 씹기도 했으며, 계란프라이의 노른자에 밥을 비벼 먹기도 했다. 이진은 제 남편과 아들을 한 번 바라본 뒤 자신도 젓가락을 들어 흰 쌀밥을 입 안으로 밀어 넣었다. 깍두기는 잘 익어 아삭하니 맛있었다.

—

옆에서 환이 코를 고는 소리가 들려왔다. 신혼 때 처음 들었던 환이의 코골이는 연민을 자아냈었다. 베개에

눕자마자 잠으로 떨어져 버리는 환이를 보며, 하루를 얼마나 몰아붙였을까 안쓰러웠다. 명이를 낳고 나서는 코골이를 견디기 어려워졌다. 짜증스럽고 듣기 거북했다. 그리고 또 시간이 흘러 이제 이진은 환이가 코를 골고 있다고 인식조차 못하기 시작했다. 환이의 코골이가 냉장고가 돌아가며 웅웅 소리를 내는 것처럼, 더운 여름에 선풍기 팬이 돌아가는 소리처럼 금방 묻혀 버리는 미약한 소음에 불과했기 때문이었다. 그런데 오늘만큼은 달랐다. 이진은 오늘따라 귀 옆에서 들리는 코골이 소리를 무시하기가 어려웠다. 이진은 침대에서 일어나 주방으로 갔다. 부엌에 불을 켜고 식탁에 앉았다. 식탁 한쪽에는 오늘 명이에게 선물 받은 책이 놓여 있었다. 이진은 이제 자신의 소유물이 된 책을 펼쳐 보았다. 책의 날개 부분에는 하이안의 사진과 소개문이 있었다.

하이안

1965년생.

서울예술대 문예창작학과를 졸업한 뒤 『하얀』, 『돌풍』, 『그 여자의 식탁』, 『미아』 등을 썼다. 한국소설문학상, 아시아여성예술가상, 오늘의 소설가상, 인터내셔널상 등을 수상했다.

프로필 사진에서 하이안은 하얀 셔츠를 입고 먼 곳을 응시하고 있었다. 어떠한 흔들림도 없이 잔잔한 호수 같던 하이안의 목소리가 떠올랐다. 서두르는 법 없이 천천히 말을 하지만 필요한 순간에 적확한 단어를 말하며 자신의 이야기를 건네던 하이안의 목소리가 바로 옆에서 선연히 들려오는 듯했다. 고작 파동에 불과할 소리가 사람의 마음에 잔향을 남기기도 하고, 감정을 요동치게 만들어 사람의 체온까지 바꿀 수 있다니. 그러고 보니 환의 코골이도 그랬던가? 이진은 피식 웃음을 머금고 자신의 손을 내려다보았다. 손으로 하는 일이 많아서인지 손톱은 항상 바짝 깎여 있었다. 성격이 급해 뭐든 서두르는 이진답게, 손톱을 깎을 때도 대충이었다. 둥근 손톱 모양에 맞춰 깔끔하게 다듬기보다는, 손톱깎이를 쥐고 한 번에 휙 잘라 버리는 식이었다. 그 덕에 손톱 끝은 매끄럽지 않고 둥글게 다듬어지지 않은 채로, 몽땅하고 투박한 모습이었다. 하이안은 어땠더라? 셔츠 소매 아래로 드러난 하얀 손목, 책을 넘기던 가느다란 손가락, 정갈한 손톱과 그 사이로 빛나던……

미아의 이상행동은 그날로부터 시작되었다. 하루는 도저히 잠을 잘 수 없는지 한참을 뒤척이다가 벌떡 일어나더니 알 수 없는 소리를 한참이나 중얼거렸다.

"다시 옛날로 돌아가야 해… 오랜 과거의 전통이 괜히 있는 게 아니듯…."

한 날은 책상에 앉아 무언가를 열심히 쓰고 있기도 했고, 다른 날은 미친 듯이 책을 읽기 시작했고, 또 어떤 날은 가위로 오리고 풀로 붙이며 커다란 무엇을 만들고 있기도 했다. 미아의 남편은 그녀가 돌변한 뒤로 정신을 차릴 수 없었다. 일은 일대로 해야 하는 데다가 아이는 절대 가만히 기다려 주는 법이 없었다. 그 와중에 미아가 이상한 행동까지 하고 있어서 도저히 일상을 유지하기가 어려울 정도였다. 그는 우선 직장의 급한 일부터 해결한 뒤, 아이가 조금 안정되면, 그래, 곧 초등학교에 들어가고 난 후에 미아를 살펴봐도 늦지 않겠다고 생각했다. 그래서 미아를 조금만, 아주 조금만 시선 밖에 두기로 했다. 하지만 그는 자신이 큰 착각에 빠졌음을 불과 며칠이 지나서 깨닫게 되었다.

뉴스에, 미아가 나온 것이다.

"... 애초에 남녀가 평등하다고 가르치지 않았으면 괴로울 일도 없을 겁니다. 요새 사람들이 왜 이렇게 정신병이 많은 줄 아십니까? 생계와 집안일, 육아를 동시에 짊어지는 역할에 대한 갈등과 압박이 그만큼 정신을 갉아먹고 있기 때문입니다. 구석기 시대에 남자들이 밖에서 사냥감을 잡아 오고, 여자들이 동굴 안에서 살림을 돌보는 그 역사가 얼마나 오래되었던가요! 이것이 얼마나 자연스러운 흐름이었던가요! 다시 예전으로 돌아가야 합니다."

미아는 앞뒤로 커다란 피켓을 붙이고는 큰 목소리로 인터뷰하고 있었다. 피켓에는 '여성교육 철폐' '평등교육 중단'이라고 쓰여 있었다. 길을 지나가던 한 여성은 같은 여자가 맞냐며, 제정신이 아니라고 소리치기도 했다. 그래도 미아는 꿋꿋이 외쳤다.

"여성의 참정권이 활발하게 된 시기가 언젠지 아십니까? 세계대전 이후입니다. 밖에서 일할 남자가 부족해서 발생한 하나의 현상일 뿐이죠. 이제 종전 이후 많은 시간이 흘렀습니다. 다시 예전으로 돌아가야 합니다. 다시 예전처럼 남성이 일을 하고, 여성이 집안일을 돌보면 되는 겁니다. 남자도 집안일로 스트레스를 받을 필요 없고, 여성도 밖의 일로 고통받을 필요가 전혀 없습니다. 아이도 엄마의 부재에 애정 결핍을 느끼지 않아도 됩니다. 출산율도 장려될 것이며, 되레 모두에게…"

그때 퍽 하는 소리와 함께 미아의 얼굴이 돌아갔다. 소문을 듣고 달려온 여성단체 회원들이 미아에게 계란을 던진 것이다. "남녀가 평등한 것은 헌법으로 정해져 있고, 민주사회에서 무슨 구석기 시대의 이야기냐"며, 그동안 수많은 여성의 희생 끝에 만들어낸 역사의 결과물을 왜 한 개인이 훼손하느냐며 손가락질하고 비난했다. 미아는 계란을 던진 사람에게 소리치며 달려들었다. 뉴스에서는 미아의 목소리가 제대로 들리지 않았다. 자칫 몸싸움으로 번질까 봐 출동한 경찰로 인해 인터뷰가 급하게 마무리된 것이다.

이진의 이상행동은 그날로부터 시작되었다. 죽을 먹으러 온 손님들이 반찬을 더 달라고 하면 추가 비용을 받기 시작한 데 이어, 죽에 들어가는 고기나 채소의 양도 미묘하게 줄이기 시작했다. 그 변화를 느낀 단골손님들이 불평하면 이진은 금리 인상이며 인플레이션이며 어려운 용어를 늘어놓기 시작했다. 한 손님이 "한마디로 장바구니 물가가 오른 거 아니여?"라고 물으면 민망한 듯 고개를 끄덕이며 대화가 마무리되었지만 말이다. 새벽시장에서의 이진의 행동도 달라졌다. 조갯살 한 소쿠리를 산 이진이 가격 흥정도 안 하고 바지락을 받아 가자, 상인은 "아지매, 혹시 어디 아프요?"라고 물어볼 정도였고, 이진의 장바구니에 양파를 담아 주던 상인은 "오늘 감자가 큼

직해, 하나 가져가"라고 말해 보았지만, 이진은 고개를 절레절레 흔들고 걸음을 옮길 뿐이었다. 마늘을 팔던 할머니는 시장에서의 이야깃거리를 물어다 주던 이진이 아무 말도 없이, 심지어 마늘을 함께 까 주지도 않고 쏠랑 가버리자 걱정스레 이진을 바라보았다.

이런 이진의 변화에 가장 놀라고 있는 건 환과 명이었다. 제철마다 과일을 사서 저녁 식사를 끝마치면 늘상 내오던 과일이 식탁에 올라오지 않기 시작했다. 딱히 필요하다고 말하지 않아도 때가 되면 이진이 알아서 사 오던 긴 목 양말이라든가 팬티, 티셔츠는 더 이상 옷장에 저절로 채워지지 않았다. 다만 이진의 옷장은 전과 달리 다채로워지기 시작했다. 원래 이진의 옷장은 조촐했었다. '고명이네 죽가게' 반소매 셔츠 여섯 벌, 몇 개의 카디건, 코듀로이 소재의 바지 두어 벌, 어쩌다 조문을 가게 되면 입게 될 펑퍼짐한 검은색 원피스 한 벌 남짓이 전부였다. 그런데 지금은 하얀색과 푸른색의 셔츠, 브라운 헤링본 재킷, 자수가 놓여 있는 스카프가 옷장에 걸려 있었다.

이진은 여러 번 옷을 입다 벗기를 반복하더니 결국 벌거벗은 채로 옷장 앞에서 주저앉아 있곤 했다. 명이는 그런 이진의 모습에 슬그머니 안방 문을 닫아 주기도 했고, 환이는 석류즙을 사다가 주방 식탁에 올려 두기도 했다. 그들이 자신들만의 방식으로 이진을 위로하는 동안, 이진은 철저히 자신에게 분노하고 있었다. 새로 산 셔츠와 재킷을 입으면 바지가 어울리지 않았고, 겨우내 원피스와 맞춰 입으면 머리가 어울리질 않았다. 결국 익숙한 옷을 꺼내 입었을 때 가장 자신과 잘 어울리는 것을 보고 헛웃음이 나왔다. 이진은 여러 날 동안 옷장 앞에서 벌거벗고, 이 옷 저 옷을 갈아입어 보며, 울고 웃었다.

또 어느 날은 이진이 들고 있는 지갑이 새것으로 바뀌어 있었다. 식재료를 정리하고 있던 이진의 장바구니에서 나온 갈색 가죽 지갑을 보고는 명이가 외쳤다.

"엄마, 이거 명품 지갑 아니야?"

명이의 말에 이진을 돌아보던 환이가 웃으며 말했다.

"네 엄마, 간이 작아서 그런 걸 살 위인이냐? 어디 시장에서 짝퉁 하나 사 왔겠지."

이진은 지갑을 식탁에 내던지며 소리쳤다.

"그래! 난 간이 작아서 짝퉁 사는데도 손이 발발 떨리더라. 고작 짝퉁 지갑 하나가 얼만 줄 알아? 십만 원이야, 십만 원!"

이진의 고함에 깜짝 놀란 환이 조심스레 말했다.

"아니…. 짝퉁도 자네가 드니까 진짜 같어. 가죽이 반질반질하니 예쁘네."

" … "

이진은 "밥은 각자 알아서들 차려 먹어!"라고 소리치며 집 밖으로 뛰쳐나갔다. 등 뒤로 명이가 부르는 소리가 희미하게 들려왔다. 현관문이 잠기는 소리가 들리고 이진은 불현듯 문을 바라보았다. 가스 검침일을 알리는 안내 스티커, 열쇠공의 홍보물, 그리고 수많은 전단지들이 덕지덕지 붙었다가 떨어져 나간 흔적들로 지저분했다. 너저분하고 무질서해 보이겠지만, 그 속에서 일상을 살아가는 이진에게는 이것이 질서였다. 한때 이진은 이 스티커들이 삶을 살며 남긴 치열한 흔적이라고 여겼다. 제때 공과금을 내고, 부지런히 새벽시장을 나가고, 부지런히 하루를 살아낸 것과 같은, 매일 닥쳐오는 전투의 승전보처럼 말이다. 하지만 이진은 오늘에 이르러서야 그것이 가난의 표식이라는 사실을 알아차렸다.

이진은 현관문 앞에 주저앉았다. 찰나, 아니 찰나보다 조금만 더 긴 시간만 있으면 이진은 일어설 수 있다. 얼마간의 시간이 흘렀을까 집 안쪽에서 '똑똑' 문을 두들기는 소리가 들렸다. 이 인간은 집 안에서 무슨 노크질이야, 피식 웃은 이진이 벌떡 일어나 현관문을 열었다. 안에는 환과 명이 서 있었다. 환의 입가에는 김가루가 붙어 있었다. 이진이 말했다.

"밥이 입에 들어가디?"

손끝의 나물물이 다 빠질 무렵, 새로운 나물을 다듬을 계절이 다가오자 환이 퇴직하게 되었다. 마지막 날에는 오전만 근무하고 오겠다던 환이는 오후 두 시가 되도록 돌아오지 않고 있었다. 죽가게에서 케이크를 사 놓고 환을 기다리던 명이가 환에게 전화를 해 보았지만 받지 않았다. 슬슬 걱정되기 시작한 이진이 명이에게 말했다.

"너네 아빠는 꼭 중요한 날 이러더라."

때마침 죽가게 문이 열리고 환이 들어왔다. 환의 양팔은 무거웠는데 꽃다발과 케이크 그리고 몇 개의 쇼핑백이 팔에 주렁주렁 매달려 있었다. 명이가 짐을 받아 주자 환이 말했다.

"트렁크에 몇 개 더 있는데, 기다려봐라."

"가게도 좁아 죽겠는데 뭘 들고 와. 집에 들고 가게 그냥 놔둬."

이진의 말을 듣는채 마는채하며 환이는 서둘러 차로 뛰어갔다. 그동안 이진은 환이가 받아 온 선물들을 주섬주섬 열어 보았다. 명예퇴직을 축하하는 명패와 몇 권의 책, 그리고 참기름과 볶은 깨가 있었다.

"은퇴하는데 참기름하고 깨는 왜 주는 거래?"

이진이 혼잣말을 하며 참기름과 깨를 주방 안으로 들

고 가는데 명이 뒤에서 말했다.

"이제 은퇴하니까 가정으로 돌아가 충실해지라는 의미지, 뭐. 참기름처럼 고소한 냄새를 풍기며, 깨 볶으면서 아내랑 은퇴 후 노년을 보내라는 거야."

주방 수납장 안에 참기름과 깨를 넣어 두고 온 이진은 다른 쇼핑백을 열어 보려 손을 부지런히 놀렸다. 그 옆에서 명이는 케이크에 불을 붙인다고 정신없었다. 환은 어느샌가 가게 안으로 들어와 있었다. 그런데 짐을 들고 오겠다던 환이는 빈손이었다.

"왜 빈손으로 와?"

"엄마, 촛농이 케이크에 떨어져요. 어서 초부터 불어요."

명이의 재촉에 이진이 고개를 끄덕이고 나서, 환이를 가리키며 말했다.

"당신부터 말해 봐."

환은 환하게 웃었다. 이진은 초를 그냥 불게 하는 법이 없었다. 늘 한마디씩을 하게 했는데, 오늘은 환이 먼저였나 보다.

"음, 퇴직한다니 마음이 사실 심숭생숭하더라. 내가 벌써 그렇게 나이 들었나 싶고. 그런데 우리 가족들을 보니 내 일상은 크게 달라지지 않겠더라고. 명이는 늘 그렇듯 자기 앞길을 잘 헤쳐 나갈 것이고, 우리 진이는 정년 없는 죽가게를 운영할거고…."

잠시간 환이는 말이 없었다. 환이는 호주머니 속에서 손을 꼼지락거리며 상체를 비틀고 있었다. 명이는 아버지가 많이 쑥스러워하시나 생각했는데 이진은 달랐다.

"호주머니에 뭐 숨겨 놨어? 왜 이렇게 꿈틀거려."

이진의 말에 환이는 주머니에서 손을 쏙 꺼내 이진의 앞으로 조그마한 상자 하나를 내밀었다. 손바닥 안에 들어올 정도로 작은 상자였다. 그 상자의 정체를 단박에 알아본, 알아보지 않을 수 없었던 이진은 아무 말 없이 두 눈을 동그랗게 떴다. 이진은 상자를 쳐다보며 멍하니 앉아 있었다. 환이는 이진의 손을 붙들어 그 손 위에 상자를 올려 주었다. 환이 말했다.

"그동안 고생 많았다. 이게 그리 갖고 싶드나."

이진이 상자를 만질 생각도 못 한 채 내려만 보고 있자 명이가 말했다.

"엄마, 열어 봐요."

"그래, 어서 자네 손에 껴 봐. 잘 맞는지 봐야지."

이진이 상자를 '탁' 소리 나게 책상 위에 올려놓았다. 환과 명이는 서로 시선을 교환했다.

얼마 전 환이는 아들 명이를 찾아가 물어보았다. 요새 네 엄마가 왜 저러는지, 힘든 일이 있는 건지 말이다. 명이는 고민하다가 말했다. 며칠 전 이진이 찾아와서 사진 하나를 내밀더니 똑같은 걸 하나 사 달라고 부탁했다고 말이다.

사진에는 하이안 작가가 책을 들고 있는 장면이 찍혀 있었다. 흔들리고 흐릿한 사진이었지만 하이안의 손에 반짝이는 반지가 한눈에 들어왔다. 명이는 이진이 말하는 바가 무엇인지 알 것 같았다. 명이는 이진의 사진을 받아다가 휴대폰으로 몇 번 움직이더니 똑같은 제품을 찾아냈다. 명이는 "요새는 이렇게 사진을 올리면 비슷한 상품을 찾아줘요"라고 말했다. 이어서 여러 장의 사진을 보여주었다. 유명한 연예인들이 반지를 끼고 화면을 향해 이를 드러내고 웃고 있거나, 홍보하는 제품을 손에 들고 있는 사진들이었다.

'연예인들이 끼고 있으니 적잖은 비용이겠구나'

대충 가격을 추측해보던 이진에게 명이가 말했다.

"오백만 원이네요."

깜짝 놀라는 이진을 향해 명이가 이어서 말했다. 반지는 프랑스 파리의 한 고가 브랜드에서 제작한 반지인데, 엄마가 본 건 그나마 대중적으로 팔리는, 저렴한 축에 속하는 반지라고 말이다. 이진은 실소하고 말았다. 다이아몬드가 박힌 것도 아니고, 금으로 만들어진 것도 아닌데, 고작 은반지가 왜 오백만 원이나 하냐고 이진이 물었다. 명이도 잘 모른다며 고개를 저었다. 이진은 한동안 "오백만 원, 오백만 원"을 중얼거리더니 방으로 사라졌다.

이 이야기를 들은 환이는 명이에게 말했다.

"나이를 먹으며 점차 내려놓는 것들이 많아지는데, 어느 순간은 절대 포기하기 힘든 날도 오는 법이지."

그 말을 끝으로 환이는 명이로부터 반지의 사진과 제품명을 받아 갔었다.

환이는 생각했다. 퇴직금 중 일부로 집 대출을 마저 갚고, 아들의 대학 등록금 1년 치를 빼두고, 농사지을 조그마한 텃밭을 하나 사면 되겠다고. 그리고 나면 반지 하나 살 정도의 돈은 분명 남을 것이라고 말이다. 마음만 먹으면, 그래 단단히 마음만 먹으면 그런 반지쯤 하나 못 살 것도 없었다. 그런데 아들 대학 등록금을 내기 위해, 대출 이자 날이나 월세일이 다가와서, 전기세부터 각종 공과금이 갈수록 올라가니까 등등 여러 핑계를 대며 오늘까지 왔다. 환은 직감했다. 우리에게 다음은 없다고 말이다. 그때에는 명이가 장가를 가니까, 연금 가지고는 생활비도 빠듯하니까 등등의 이유가 늘어날 테니까.

한참의 침묵 끝에 이진이 말했다.

"… 고마워."

이진의 목소리에는 물기가 묻어 있어서 환이와 명이는 서로를 바라보며 환히 웃었다. 이제야 안심한 명이는 잘라진 케이크 한 조각을 환에게 건네주었고, 이어 자신이 준비한 편지와 선물을 내밀었다. 환은 명이의 편지를 읽으며 눈물을 글썽였고, 그 앞에서 잠자코 환의 반응을 기다리던 명이는 수줍어했다. 명이가 준비한 선물상자 안에는 전기면도기와 고무장갑 한 켤레가 들어 있었다. 고무장갑은 도대체 왜 주는 거냐고 환이 묻자, 명이는 "아빠에게 영원한 은퇴는 없다"며, "이제 죽가게에서 엄마 일을 도와야죠"라고 말했다. 환은 늘 일회용 면도기를 즐겨 썼다. 오래 손에 익은 도구라 그에게는 무엇보다 잘 맞았지만, 명이 눈에는 안쓰럽게 보였나 보다. 환은 고맙다고 말했다. 둘이 두런두런 선물에 대해 이야기를 나누는 동안 이진의 고개는 점점 숙여져 이내 흘러내린 머리칼에 의해 얼굴이 보이지 않을 정도가 되었다.

뉴스는 순식간에 퍼졌다. 현장에서 찍힌 동영상이 급속도로 공유되었고, 미아는 '구석기녀'로 불리기 시작했다. 뉴스를 접한 가족들과 회사 사람들이 연락해 오기 시작했다. 모두 수신 거절을 하고 미아에게 전화를 걸었지만, 미아의 전화는 꺼져 있었다. 미아가 시위했던 청와대 앞으로 가 보려 했지만, 눈앞의 아이를 데리고 갈 수는 없었다.

'아이를 당장 맡길 곳이 어디 있지, 아직까지 미아는 그 앞에 있을까'

식은땀을 흘리며 고민하고 있는데 잠시 후 초인종이 울렸다. 서둘러 문으로 뛰쳐나갔다. 문 앞에는 미아가 경찰과 함께 서 있었다. 미아가 경찰과 함께 집으로 귀환

한 것이다. 경찰은 허가받지 않은 시위는 위험하다고 경고했으며, 추후 조사 차 서에 한 번 방문하라는 말을 남기고 사라졌다. 미아는 얼룩져 있었다. 계란을 맞은 머리는 서로 엉켜 굳어 있었고, 몸싸움하느라 얼굴에는 생채기가 나 있었다. 그녀가 만들었던 피켓은 찢어지고 발로 밟혀서 원래의 형체를 알아보기 어려울 정도였다. 어디서부터 이야기해야 할지, 무엇부터 바로잡아야 할지 막막했다. 그때 미아가 말했다.

"나는 나라고 생각했어. 오롯하고도 개별적인 존재로서 '미아' 말이야. 하지만 이제 알겠더라고. 나는 과거로부터 건너온 무수히 많은 존재의 집합체에 불과하다고 말이야. 아무리 세대가 달라져도, 부여된 여성의 의무에서는 독립할 수 없는 거야. 아무리 교육받고 지식을 쌓아도 닮기 싫었던 엄마의 모습을 그대로 답습하고 있는 나를 봐. 엄마도 이런 나를 바라지 않았겠지. 자신의 미래를 희생해서 투자한 결과물인데. 그런데 나를 봐, 나도 그저 과거에 있던 그런 여자 중 한 명이었을 뿐이야."

*

불 꺼진 가게 안에서 이진은 자신에게 가장 익숙한 장소인 주방으로 갔다. 그러고는 싱크대 밑에 주저앉았다. 이진의 오른손에는 반지가 담겨 있는 선물상자가 포장된 채로 그대로 있었다. 이진은, 쉰 일곱의 이진은 흐느껴 울었다. 입가에 침이 질질 샐 정도로 꺽꺽거리며 울부짖었다. 손에 있는 힘껏 힘을 주며 가슴을 내리치고 싶었으나, 손아귀에 힘을 쥘 수 없었다. 반지가 들어 있는 그 상자의 무게가 오른손을 짓눌렀다. 상자는 천천히 그 무게를 키워 가더니 이내 이진 전체를 짓이겨 버렸다.

이진은 한 푼, 두 푼 비상금을 모았다. 말년에 자신을 위한 선물을 하나쯤 사도 되지 않을까, 쉰일곱까지 열심히 아득바득 살았으니 쉰여덟부터는 조금은 고상하게 살아 봐도 괜찮지 않을까, 언젠가 하이안처럼 글을 써 봐도 좋겠다, 아니 글쓰기에는 영 재주가 없으니 그림을 그려 볼까, 아니, 아니다. 이진은 그 무엇도 할 수 없었다. 아무리 이진이 고상한 노후를 떠올려 본들, 자신이 할 줄 아는 거라곤 죽을 끓이는 것밖에 없었다.

그래서 이진은 반지가 필요했다. 손쉽게 고상함을 빌려올 수 있는, 그나마 자신을 위로해 줄 수 있는 게 반지라는 듯. 하지만 자신이 모으는 한 푼 두 푼은 말 그대로 푼돈이었을 뿐이었다. 결국 이진은 환이 미리 전해 준 아들의 등록금에 손을 대고 말았다. 백화점에 갈 때 이진이 할 수 있는 한 가장 좋은 차림을 하고 갔다. 그리고 드디어 손가락에 반지를 끼웠을 때 감격스러웠다. 까맣고 몽뚝한 손가락, 일에 익숙해져 있는 그 거친 손가락도 좋은 반지를 끼니 대단히 우아해 보였다. 반지가 주는 광채가 이진을 기쁘게 했다. 아들의 등록금까지 빼내 구매한 반지이자 자신의 생에 가장 많은 돈을 쓴 이 반지를 애지중지할 수밖에 없었다.

그러나 반지는 이진의 손에 끼어 있는 날보다는 상자에 들어가 있는 날이 가장 많았다. 비워진 등록금을 메우려고 가게에서 보내는 시간이 길어지며 재료를 다듬고, 칼질을 하고, 손을 씻느라 반지를 끼지 못했던 것이다. 이진은 은이 단 1그람이라도 깎여 나갈까 봐 걱정했다. 그리고 그 무엇보다도 남편과 아들 몰래 산 반지를 드러내놓고 낄 수도 없었다. 반지는 언제나 이진의 옷장 제일 깊숙한 곳에서 가장 많은 시간을 보냈다. 반지가 주는 기쁨은 찰나에 불과했고, 반지가 그 빛을 발하는 순간은 찰나보다 더 짧았다.

하루는 그 반지를 끼고 시장에 간 날이 있었다. 이진은 저절로 말아진 어깨가 쭉 펴지는 느낌이 들었더랬다. 하지만 시장에서 이진이 흥정을 하지 않는 우아함을 떨자 사람들이 이진을 이상하게 쳐다보았다. 바지락 몇 개, 감자 한 알, 마늘 한 톨을 가지고 전전긍긍하지 않자, 이진을 특이한 사람으로 바라보았다.

그런 사람들의 시선은 가게에서도 이어졌다. 알지도 못하는 용어를 입 밖으로 나불거리자 손님들은 이진을 향해 고개를 젓기 시작했다. 마치 우아함과 고상함, 지적인 모습은 이진과는 전혀 어울리지 않는다는 듯, 그건 이진이 아니라는 듯 말이다. 반지는 죽가게를 하는 이진을 작가로 만들어 줄 수도 없었으며, 새치 하나 없는 젊은 시절의 이진으로 되돌릴 수도 없었다.

되레 반지를 사기 위해 했던 모든 과정 때문에 이진의 삶은 고달파졌다. 시장에서 흥정을 하지 않는 우아함을 떨자 푼돈이 모이지 않게 되었고, 알지도 못하는 용어를 나불대는 영상을 찾아보느라 재료를 다듬는 시간도 턱없이 부족했다.

이진 앞에 닥친 일상은 끊임없이 이진을 압박해 오고 있었다. 이 나이 먹고 자신도 변할 수 있다고 생각한 걸까, 왜 자기 처지를 못 받아들여서 이 사달을 내는가, 다가오는 명이의 등록금은 어떻게 할까, 왜 자신은 이렇게 한심스럽고 추접한가. 나이라는 것은 왜 한평생 자신을 체념하게 하다가도 한순간에 쓸데없는 열정을 불러일으키는 걸까. 이진은 울부짖었다.

이진의 감정은 환으로부터 반지를 선물 받고 나서 더 극에 달했다. 이진은 백화점으로 달려갔다. 한 보안요원은 이진을 가로막았는데, 이진의 의상을 보며 넌지시 그 이유를 말해 주었다. 이진은 '고명이네 죽가게' 옷을 입고 슬리퍼를 신고 있었는데, 급하게 달려오느라 머리는 헝클어져서 엉망이었다. 이진은 자신을 가로막는 직원에게 애원했다. 저 앞 가게에서 반지를 샀다며, 그런데 제가 잘못해서, 말년에 괜한 욕심을 부려서 반지가 두 개가 되었다며 울먹이며 말했다. 이진을 백화점 밖으로 내보내기 위해 설득하던 보안요원은 이진이 자리에 주저앉으며 제발 환불을 해 달라고 울부짖자, 딱해 보였는지 매장에서 여직원을 불렀다. 결국 직원 한 명이 나와서 이진이 내민 반지 상자를 살펴보고는 말했다.

"영수증도 없고, 반지류는 특히 은반지는 공기 중에 색이 변하므로 환불이 어렵습니다."

이진은 아니라고, 상자에서 반지를 꺼내지도 않았다고 소리쳤다. 직원은 같은 말을 반복할 뿐이었다. 이진은 울음을 멈추고 아득바득 소리쳤다.

"어제, 바로 어제 샀을 거예요! 딱 봐도 포장이 그대로인데 왜 환불이 어려워요!"

이진이 언성을 높이자 더 이상 보다 못한 보안요원이 이진을 백화점 문밖으로 이끌었다. 이진은 환불받기 전에는 가지 않겠노라며, 컥컥 소리를 내며 울었다가 소리를 질렀다가 바닥에 누웠다가 이내 팔을 잡히고 질질 끌려나갔다. 이진이 만들어 낸 소란은 천고가 높은 로비에 울려 퍼졌다. 사람들의 시선이 모여들었다. 수근거리는 소리가 이진을 둘러쌌다.

"진상이네."

보안요원은 생수병 하나를 이진에게 내밀며 집으로 돌아가라고 말했다. 이진은 넋을 놓은 채 도로 한복판에 앉아 있을 뿐이었다. 보안요원은 조심스레 말을 붙였다.

"주변 금은방이라도 가 보시는 게 어때요? 중고로 팔

아 보시던가요."

그러나 이진은 말이 없었다. 보안요원은 아무리 불러도 말 없는 이진을 내버려 둔 채 자신의 일터로 돌아갔다. 이진은 손에 든 상자를 쥐며 웅얼거렸다.

"내가 죄인이지, 내가 무슨 부귀영화를 누린다고, 내가 인제 와서 뭐가 되겠다고."

끊임없이 웅얼거렸다. 그리고는 눈에 보이는 금은방으로 뛰어갔다. 금은방에 있던 남자는 이진의 행색에 놀랐지만, 이진의 말을 최대한 들으려 노력했다.

"두 개가 되어서… 내가 욕심을 부려서… 이거 하나에 오백인데, 진짜 새거예요…"

남자는 이진이 내민 상자를 받아 들고 안경을 끼면서 말했다.

"사모님, 감정을 하기 위해서는 포장을 풀어야 하는데요."

이진은 손을 움찔거렸다. 그러다 이내 고개를 끄덕였다. 남자는 하얀 면장갑을 낀 손으로 조심스레 포장을 풀었다. 포장을 풀자 비닐에 둘러싸인 반지가 나왔다.

"고가의 브랜드 반지라도 은반지는 항상 이렇게 비닐 포장이 되어 있죠. 참 아이러니하죠?"

남자는 이어 반지에 달려 있는 상품 태그를 보며 말했다.

"은반지네요. 은 자체의 매입 시세는 10만 원 정도밖에 되지는 않고, 차라리 중고로⋯"

이진은 남자의 말이 채 끝나기 전에 울면서 자신을 내리쳤다. 머리와 가슴을 수차례 내려쳐 보았지만, 목구멍을 가로막고 있는 정체불명의 덩어리는 내려갈 생각을 하지 않았다. 그래도 안 되겠는지 이진은 위에 옷을 벗어 던졌다. 브래지어도 벗으며 꺽꺽 숨을 내쉬었다.

"경찰이죠? 여기 지금 금은방인데요, 지금 바로 출동해 주세요. 웬 미친 여자가⋯"

그때 금은방 한 구석에 틀어져 있던 작은 텔레비전에서 하이안의 이름이 들렸다. 뉴스 보도였다.

"글로벌 문학상을 수상한 하이안 작가의 수상 소감을 들어보겠습니다."

이어 장면이 바뀌고 하이안이 마이크를 들고 서 있었다. 마이크를 쥔 그녀의 손에서는 가느다란 금반지가 반짝이고 있었다.

추천사

안규철

예술가

「사물의 뒷모습」, 「그림자를 말하는 사람」 등의 저자

—

세상에서 온전히 나로 살아가기는 쉽지 않다. 채도운 작가는 한국 사회에서 특히 여성에게 그것이 얼마나 어려운 일인지를 담담한 목소리로 드러내 보인다. 타인의 시선에 갇힌 취업 준비생 시은, 자신이 가해자였던 학교 폭력의 기억을 지울 수 없는 유미, 뒤늦게 자기 삶을 돌아보고 새로운 출발을 꿈꾸는 이진, 그리고 액자 소설 속 또 다른 주인공 미아는 우리 주변 어디에나 있는 평범한 인물들이다. 그러나 그들의 꿈은 이루어지지 않는다. 그들에게 삶은 결코 이지하지 않다. 하이안이 이진에게 써 준 글을 통해 작가는 우리 모두가 미아였거나 미아가 될 수 있다고 말한다. 수많은 미아들 앞에서 우리에게 필요한 것은 연민이나 무관심이 아닌 공감과 따뜻한 위로이다.

추천사

몬스테라

서울동부지방법원 변호사

「국선변호인이 만난 사람들」 저자

—

이 책에는 젊은 청춘이 이리저리 이용당하고, 중년이
되어서는 육아와 살생에 젖어들고, 노년에는 포기한 자신
의 삶에 미련이 남는 세 여성의 이야기가 담겨 있다. 나는
이 소설을 읽는 내내 시은과 유미, 이진에게서 내 모습을
보았다.

어렸을 때는 커서 어려운 사람을 도와주고 싶었다. 꼭
경제적으로 어려운 사람이 아니라 마음이나 처지가 어려
운 사람들을 포함해서 말이다. 그런데 내가 어른이 되고
보니 어른이 된다고 해서 다 홀로 설 수 있는 것도 아니
고, 커서 도와주고 싶었던 그 '어려운 사람'이 나였던 때가
종종 있었다. 사회 초년병 변호사 시절, 나에게 사건 하나

를 수임해 줄 듯 말 듯 무료 법률 상담을 시키던 '닳고 닳은 어른들'을 만났고 나는 무엇이든 열심히 하면 이게 다 기회겠거니 생각하며 허탈한 시간을 보낸 적이 있다. 결혼을 하고 임신했을 때 어느 날 배가 부른 상태에서 구속 피고인 접견을 가게 되었는데 피고인이 나를 보고 실망했다고 말했다. 임신한 여자 변호사한테 자기가 의지가 되겠냐며. 그때도 이미 출산율 저하는 심각한 국가적 문제였건만, 임신한 사실을 대표 변호사님께 알렸을 때 대표 변호사님은 이 바쁜 시기에 어떻게 임신 할 수 있냐고 했다. 결국 출산을 두 달 앞둔 시기에는 꼭 퇴사하겠다고 말했다. 그제야 대표 변호사님의 격노가 풀렸고, 나는 나의 임신이 존중받지 못한다는 것에 대한 생각보다는 죄를 지은 듯한 느낌이 들었다.

출산 후 쉬다가 다시 법무법인에 소속되어 바쁘게 일했고, 입주 베이비시터로부터 아이 양육을 도움받았다. 지금 생각하면 30대는 젊고 화창한 시기인데 나는 30대에 변호사로서 많은 경험을 하고 역량을 쌓아서 인정받고 싶다는 마음이 컸다. 마치 30대가 지나면 다 소용없는 것처럼 열심히 일했다. 그 와중에 퇴근 후나 주말에 아이를 돌보고 함께 놀며 아이와 함께 하는 소중한 시간을 국물까지 다 퍼먹으려고 노력했다. 그런데 아이는 초등학교 때 ADHD 진단을 받았다. 남자인 소아정신과 원장님은 ADHD 아이를 가진 엄마들 사이에서 치료를 잘하기로 유명했다. 원장님은 당신의 아이도 ADHD 진단을 받았지만 원장님으로부터 잘 치료받아서 명문대 의대를 갔다는 말씀을 해 주셨다. 그러나 나에게는 일하느라 애가 뒷전이 아니었느냐고, 그러고서도 엄마냐고 하셨다. 원장님처럼 나도 전문직으로서 열심히 일하는 사람인데 왜 원장님 아이가 ADHD인 것은 명의로 소문이 나서 바쁜 원장님 탓이 아니면서 내 아이의 ADHD는 엄마인 내 탓일까. 게다가 나의 남편은 나보다 덜 바쁜 직장인이었는데, 왜 내 아이의 ADHD가 아빠로부터 영향받은 것은 전혀 없는 것처럼 말하실까. 억울했다. 아이가 잘되는 것은 몰라도 아이가 잘못되면 엄마가 잘못 키웠다고 엄마의 양육 태도를 지적하고, 엄마가 바빠서 아이를 잘 돌보지 못했다는 등의 비난을 쉽게 하는 것 같다. 밖에서 여자라고 변호사로서 일을 대충할 수 있는 특혜는 없다. 의뢰인은 여자 변호사라고 패소를 이해하지 않는다. 아이가 커 가고 시간이 흐르면서 가족들의 식사를 나도 모르게 도맡아 하게 되며 살생이 시작되었다. 신선한 것을 먹이고자 살아 있는 게를 사서 게장을 만들고 움직이는 전복과 오징어를 손질하기도 한다. 요리를 하면서 채소든 고기든 생선이든 나는 매일 무언가를 죽이는 느낌이다.

이진의 이야기도 인상적이다. 가끔은 나이로도 포기하지 못하는 무언가가 생기는데, 그것이 평소에는 중요하게 여겨지지 않은 것이나 지금은 도저히 지나칠 수 없는 그런 때가 있다. 나는 몇 년 전 나에게 '명품 가방'이 한 개도 없다는 사실을 깨달았다. 문득 억울하다는 생각이 들었고 계속 일해 왔고 이젠 중년이 되었는데 나에게 명품 가방 하나는 사치 부려도 되지 않나 하는 생각에 무리해서 하나를 구입했다. 스트랩이 체인으로 이루어진 핸드백이었다. 그 가방은 얼마 되지 않아서 팔았다. 나는 교통사고 트라우마로 운전을 하지 못하게 되어서 늘 대중교통을 이용하는데, 그 명품 가방을 메고 버스를 타고 집으로 돌아오면 어깨에 마치 고문을 당한 듯 체인 스트랩의 흔적이 있었다. 그 가방은 많이 걸어 다니는 사람이 메고 다니는 가방이 아니라 자동차에 무심하게 던져 놓았다가 도착한 장소에서 잠깐 걸치고 걷는 정도라야 가방의 본래 목적에 충실할 수 있었다. 나는 어렵게 산 명품 가방을 나중에는 중고로 팔아 아이의 문학 전집을 사서 집에 들였다. 여성들의 삶 속에는 이진의 은반지와 같은 것이 무수히 있을 것이다. 각자 다른 것일 수도, 비슷한 것일 수도.

이 책은 공감하고 위로받는 글들로 이루어져 있다. 그러나 이 글에 애환만 있는 것은 아니다. 삶의 본질에 가까운 평화로운 풍경도 마음을 스친다. 채도운 작가님의 글은 사람들의 삶과 본성에 대한 잔잔한 관찰과 애정이 있다. 채도운 작가님의 글을 읽을 때면 김중식 시인의 한 문장이 떠오른다.

'나를 닮아 있거나 내가 닮아 있는 힘 약한 사물을 나는 사랑한다.'

서평

익명의 독자로부터

단편마다 인물도 나이도 다르지만, 읽고 나면 하나의 메시지가 남습니다. 생애 주기마다의 여성의 애환. 도움과 돌봄, 살림과 살생, 공동체와 개인이 한 덩어리로 뒤엉키는 찰나를, 이 책은 손끝의 온기와 냄새로 붙잡습니다. 콧물에 젖은 소매, 생고기를 움켜쥐는 손 등 그야말로 생활의 감각으로 보여 줍니다.

1. 「드림래더」: 사다리는 누구의 것이었나

시작은 초등학교 교실이었습니다. '좋은 아이'를 만드는 가장 쉬운 주문—"우리 시은이, 정말 실망이다"—은 이후 대학·병원장·사무처장 등으로 무대를 갈아타며 계속 작동합니다. '실망'은 길들이는 말이 됩니다. 박수와 사진, 덕담 사이에서 청년은 기대-실망-재기대의 고리에 묶입니다.

"기대는 마음의 빚이야. 마음에 달아 두지 마."

그 빚은 끝내 최저임금으로 현금화됩니다. 식당으로 위장된 정치 행사에서 청년들의 손—그중에서도 여성의 손—이 밥을 차리고, 침을 닦고, 사진을 찍고, 피켓을 듭니다. 돌봄과 봉사, 무급 감정노동이 '착함'이라는 미덕으로 호출될 때, 여성은 더 빨리 앞줄에 서게 되죠. 약속했던 취업 연계는 돌아오지 않고, 되돌아온 건 첫 장면의 말이 반복될 뿐입니다.

"시은아… 실망이다."

작품의 마지막은 버스 창밖, 후보의 옆에서 피켓을 드는 희주를 비춥니다. "…급하니까"라는 사소한 사정이 어떻게 한 사람의 생존 전체를 붙드는지, 한국식 돌봄-정치-청년 생존의 얽힘을 정면으로 보여 줍니다. 콧물, 구토, 땀과 같은 감각들은 질문으로 바뀝니다.

— 누굴 위해, 누가 무엇을 닦고 있나?

"세상엔 공짜가 제일 비싼 법"이라는 시은의 독백을 통해 청년의 삶에 씌워진 '공짜 노동'의 역설을 또렷이 보여 줍니다.

2. 「도마 위의 생」: 살림과 살생이 만나는 자리

이어서 이야기는 부엌에서 시작합니다. 물고기·생선, 치킨·헨, 쉽·램·고트…. 아이의 질문이 분류를 흔듭니다. 모든 것이 '식재료' 하나로 정의된다면, 사람을 부르는 방식도 그 꼴을 닮습니다. '여자'는 주부·엄마·아내를 거쳐 결국 '살림하는 손'으로 축소되죠. 이름을 줄이면 역할이 줄고, 역할이 줄면 권리도 줄어듭니다. 작품은 이 위험한 등식을 조용히 비춥니다. 곧 드러나는 건, 그 분류마저도 결국 먹기 위해 생명을 가르는 인간의 이름 짓기라는 사실입니다.

고교 시절 폭력을 회고하는 일인칭 독백이 나옵니다. 가해의 흔적이 오래 남습니다. 작가는 '손의 기억'을 불러내, 타인의 온기를 빼앗는 폭력의 촉각과 주부가 처음 부엌에서 생물을 죽여 상에 올릴 때의 촉각이 어떻게 닮아 있는지 보여 줍니다.

"내가 그 아이의 목을 쥐기 전까지… 내가 처음 느낀 건… 정말 따뜻하다는 거였어."

작가는 폭력의 온기를 기록합니다. 살림과 살생이 한 손안에서 겹칠 때 몸에 일어나는 반응은 학교 뒤 산에서 폭력을 가했던 손이 부엌에서 고기를 소분하는 데 손놀림과 같은 근육 기억임을 드러내죠. 이때 폭력은 과거 사건이 아니라 가정의 일상으로 이어지는 동일선상이 됩니다. '여성의 자리'로 여겨진 부엌에서, 살게 하는 일과 살을 끊는 일이 매일 맞물린다는 것—이게 바로 부엌의 아이러니 아닐까요. 아이의 언어놀이로 시작된 분류의 흔들림은 곧 윤리의 흔들림이 되고, 우리는 가장 '정상적'이고 '가정적'인 자리인 부엌에서 우리 손이 매일 무엇을 하는지 다시 생각하게 됩니다.

3. 「이진의 삶은 이지하지 않다」: 중장년의 존엄

이진은 쉰일곱 살입니다. 시장-죽가게-집을 오가며 흥정으로 버텨 온 사람입니다. "이게 내가 사는 방식인데, 누가 뭐라고 해!"라는 말은 생활 습관이 아니라 존엄을 지키는 방식입니다. 그런 어느 날, 서점 행사에서 본 한 줄기 은빛이 그녀의 세계로 들어옵니다. 반지는 겉으로는 사치처럼 보이지만, 실은 "나도 값어치가 있다"는 자기 인정의 욕구입니다.

은퇴 날, 남편 고환은 반지를 선물합니다. 하지만 그 반지를 주고받는 과정에 자연스럽게 녹아 있는 장면을 들여다보면 이진의 삶이 이지(easy)하지 않으리라 짐작하게 됩니다. "정년 없는 죽가게"는 다음 날도 문을 열고, 퇴직한 남편의 쇠진한 노동은 집안으로 되돌아오며, 아들의 선물인 고무장갑은 결국 이진이 사용하게 될 것이라 어렵지 않게 짐작할 수 있습니다. 이진이 자신을 소진해 얻은 그 반지는, 누군가에게는 취향 따라 쉽게 갈아 끼우는 소모품일 뿐입니다. 다음 날도 그녀의 손은 새벽시장에서 무거운 짐을 들고 있을 것입니다. 값(price)은 지불했지만, 값어치(value)를 지키는 일은 여전히 그녀 몫입니다.

결국 제목 그대로입니다. 이진의 삶은 이지(easy)하지 않습니다. 그럼에도 틈틈이 튀어나오는 명이의 고구마 줄기 분지르기, '고환(환이)' 같은 언어의 장난은 이야기를 사람 사는 자리로 붙들어 둡니다. 삶은 여전히 고단하지만 그래도 실빛만큼 반짝이는 희망이 있기에 또 살아가게 합니다.

에세이, 진상(眞相)

엄마의 진상을 이해하는 순간은
내가 진상이 될 때다

어렸을 적의 나는 내가 자라서 엄마가 되리라 생각해 본 적이 없다. 그러니까 우리 엄마와는 전혀 다른 모습의 엄마를 상상해 본 적은 있어도, 엄마와 같은 엄마가 되리라고는 생각하지도 않았다. 가격을 흥정하는 엄마, 갓길에 아무렇게 차를 세워두는 엄마, 카페에서 큰 목소리로 대화하는 엄마, 식당에서 남은 음식을 주섬주섬 싸 오는 엄마. 그 모든 모습을 닮고 싶지 않았다. 복숭아를 깎으며 씨앗에 붙은 과육을 먹으려, 손에 과즙을 줄줄 흘리며 먹는 엄마의 습관이 싫었다. 락스물로 얼룩진 티셔츠를 버리지 않고 계속 입는 것도, 불편하다며 브래지어를 벗고 티셔츠만 걸치는 그 적나라함도, 어느 날 시장에서 짝퉁 지갑을 사오던 일도 정말이지 싫었다. 바라건대 더 나은 학벌과 월급으로 엄마보다는 고상한 삶을 살아내고 싶었다. 반찬도 그릇에 정갈하게 덜어 먹고, 다 먹은 밥그릇에 물을 부어 먹는 것이 아니라 물컵을 사용하고, 늘어진 티셔츠와 팬티는 바로바로 버리고…. 엄마를 부정하고 또 부정했건만, 오늘을 살아내는 내 모습은 엄마의 모습과 한 치도 어긋나지 않는다. 딱딱한 복숭아를 좋아하는 나와 달리, 말랑한 복숭아를 좋아하는 아들을 위해 과도를 든다. 과육을 아들에게 건네주고 나면 씨앗을 혀로 훑고 있는 내가 있다. 화장실 청소를 할 때면 얼룩덜룩한 티셔츠를 입고, 평상시에는 브래지어를 입지 않는다. 시장에 가서 마늘 한 봉지를 사면, 옆에 있는 매운 고추 두세 개를 달라고 요구한다. 현금으로 하면 얼마나 깎아 줄 수 있냐고 물어보고, 서비스는 없냐고 재촉한다. 남편은 이런 나를 두고 한 걸음 떨어져 있고, 나는 엄마가 그랬듯 흥정의 전선 앞에 서 있다.

요즘 '진상'이라고 불리는 수많은 이들을 떠올려본다. 진상(眞相)은 본래 사물의 참된 모습을 말하는 단어였다. 그러다가 억지를 부리거나 무례한 사람을 두고 '그 사람의 본모습이 드러났다'라는 의미에서 '진상이 드러났다'라고 쓰이기 시작해, 이어 '진상'이라는 단어 자체가 사람을 지칭하게 되었다. 그러다가 요즘은 아이를 키우는 여성,

노년의 여성을 대상으로 협소하게 쓰이는 것 같다. '아이가 먹을 거예요'라고 말하며 서비스를 요구하고, 가격을 흥정하는 여자들. 종이컵에 아메리카노를 나눠 마시고, 식당에 가서는 비싸다는 상추를 몇 번이고 다시 받아 먹는 여자들. 그런 모습이 과연 나에게 없는가? 그렇다면 나도, 엄마도 이 시대의 진상인 셈이다.

진상이 돼버린 이들은 더 이상 진상으로 불리지 않기에 매사에 조심한다. 카페나 식당에 들어가면 1인 1메뉴나, 노키즈존 같은 규칙은 없는지 살핀다. 되도록 종업원을 부르지 않기 위해 불편함을 감수한다. 모든 부탁 앞에는 '너무 죄송한데'를 덧붙인다. 마트에서 구매한 과일이나 채소 중 일부가 상했을 때 굳이 반품하지 않으려 애쓴다. 이 언행을 서로에 대한 배려와 예의의 차원에서 긍정적으로 볼 수 있겠지만, 나는 어쩐지 마음에 자꾸만 걸린다. 사회가 고분고분함에는 미담을, 요구와 항의에는 진상이라는 이름을 붙인 것만 같았다. 살림의 최전선에 있는 이들이 왜 진상이 되어야 하는가. 그건 삶을 어떻게든 살아낸 방식이지 않은가. 나와 가족을 위해 생을 억척같이 이어가는 이들의 생의 기술이 아니던가. 나는 소설을 통해서 진상이라 불리는 이들의 맥락을 드러내고, 진상이 될 수밖에 없었던 상황을 조금이나마 진상(眞相)하고 싶었을지도 모른다.

일곱 살 난 아들을 키우며 자꾸 멈칫하게 되는 순간들이 있다. 잊고 있던 어린 시절의 단편들이 떠오르기 때문이다. 내가 아이에게 하는 행동이 어딘가 익숙한, 데자뷔처럼 느껴질 때가 있다. 알고 보면 엄마가 내게 했던 말과 행동을 내가 그대로 답습하고 있었다. 세대를 이어 내려오는 언행에 대해 생각하다 보면, 현재를 사는 나 자신도 과거의 엄마와 다를 바 없겠구나 인정하게 된다. 그렇게 생각이 꼬리에 꼬리를 물고 나면, 엄마의 삶의 궤적을 그려 보게 된다.

젊은 시절 그녀는 코카콜라 회사에서 일했다. 그녀에게도 부조리와 부정의에 미약하게 발버둥 치다가, 가슴 아파하다가 이내 순응해야 했던 시간이 있었을 것이다. 정해진 수순대로 결혼을 했을 것이고, 엄마라는 역할은 생각보다 버거웠으리라. 그래서 일을 그만두었고 주부라는 이름으로 살게 되었을 것이다. 잘 만지지 못했던 육고기를 움켜쥐고, 미끄러운 오징어를 다듬고, 생선 내장을 손질하기 위해 얼마간의 시간이 필요했을 것이다. 지금도 친정에 갈 때마다 엄마는 산낙지를 다져 준다. 마치 살아서 꿈틀거리는 낙지의 생명력을 딸에게 주려는 듯. 살생이 익숙해진 그녀의 손을 볼 때마다 마음이 요동친다. 매운 고추를 썰면 손이 아프고 아리다는 사실을 몰랐던 그녀의 손이 무뎌진 건 언제부터였을까.

또한 그녀는 사회의 억압에 답답했으리라. 철저한 가부장제의 관성을 바꿔 보려 부단히 애쓰고, 때로는 좌절했으리라. 이십여 년 전 엄마와 밤거리를 걷고 있는데 "어디 여자가 이 시간에 밖에 싸돌아다녀"라고 고함치던 사람을 만난 적이 있다. 엄마는 고작 고개를 숙이는 식으로 대응했는데, 나는 그런 엄마를 못마땅하게 생각했던 게 기억난다. 숙이고 있는 엄마의 표정은 헤아리지도 못한 채.

자녀가 커갈수록 예적금은 사치였을 것이다. 그녀는 겨울이 되면 조금이라도 일찍 보일러를 끄려고 애썼고, 여름에는 특별한 날에만 에어컨을 켜려고 리모컨을 숨겨두곤 했다. 마트에서 환불을 요구하던 엄마의 목소리는 진상의 소동이 아니라, 오만 원과 오백 원이 뒤엉킨 생의 산수였을지도 모른다. 내가 미워하던 수많은 장면 속에도 엄마의 맥락이 담겨 있었다. 생을 지키는 기술과 생을 버텨내고자 하는 단단함이 숨어 있었다. 나는 그 사실을 같은 엄마가 되고서야 뒤늦게 깨닫는다. 내가 진상이 되고서야 그녀의 진상을 파악한다.

2025. 9.
채도운

작가의 말

부족함을 알면서도 책을 낼 수 밖에 없었던건, 말하지 않고는 견딜 수 없었기 때문입니다. 서른 중반의 나이, 제 주변에는 아직도 취업을 못 하거나 결혼하지 않은 친구들이 많습니다. '취업과 결혼이 인생에서 꼭 필요한 것은 아니다'라고 말하고들 하지만, 그들 모두 취업과 결혼을 바라지만 포기할 뿐입니다. 임신할 가능성이 있다는 이유로 채용이 거절되고, 특출난 스펙이 없다는 이유로 일 년 단위의 계약서에 사인합니다. 친구들을 볼 때마다 청년의 소진이 얼마나 안타까운지 생각합니다. 그들이 얼마나 착하고 또 근면 성실한지 알기 때문에 마음은 더 무겁습니다.

물론 결혼하고 육아를 도맡아 하는 친구들도 있습니다. 주로 여자친구들입니다. 그녀들은 나를 볼 때마다 웁니다. 자신이 얼마나 잘 지내는지 한참을 이야기하다가, 더 이상 포장하기 어려워질 때쯤 자신의 취약점을 드러내며 속절없이 무너집니다. 경력이 쌓이지 않는 집안일, 매일 되풀이 되는 일에 무기력함을 느낍니다. 저는 그녀들을 집으로 초청해 밥을 먹입니다. 가만히 앉아 있는걸 못하는 친구들이라 옆에서 요리를 거듭니다. 아무리 앉아 있으라고 권해봐도 벌떡 일어나 자신이 해야 할 일을 찾습니다. 그러면 나는 친구들의 칼질을 자세히 지켜봅니다. 편마늘과 고추를 다지는 솜씨를 보면 얼마나 주방에 오래 서 있었는지 짐작됩니다. 아무렇지 않게 생선 머리를 댕강 써는 모습을 통해 그녀들의 요리 실력을 가늠합니다. 삼십 분이면 요리가 끝납니다. 늘 차리는 그 밥상이 친구들끼리라면 조금 다르게 다가옵니다. 나를 위해 숟가락을 놓은 밥상이니까요.

우리는 도란도란 밥을 먹으며 이야기를 나눕니다. 이야기를 들어보면 목이 메일 때도 있습니다. 그녀들은 자신에 대한 모든 것을 미룹니다. 운동은 아이가 초등학교를 들어간 이후로, 내 옷보다는 몸이 쑥쑥 커가는 아이의 옷을 삽니다. 비싼 딸기를 눈 앞에 두고도 손에 대는 법이 없습니다. 과일 한 알, 한 알이 아이의 입으로 들어가길 기다립니다. 오물거리는 그 입을 바라보면 충만함을 느껍니다. 하고 싶고, 먹고 싶고, 배우고 싶고, 되고 싶은 모든 욕망은 조금 더 미뤄둡니다. 아이가 초등학생을 졸업할 때, 아니 고등학교를 졸업하고 나서, 아니 대학교도 입학해야 하니까…. 그렇게 계속 계산을 거듭합니다.

나는 이야기 속에서 우리의 미래를 짐작할 수 있었습니다. 엄마의 모습이 바로미터였습니다. 우리네 엄마들은 모두 자녀를 독립시켰습니다. 그러니 이제 자신의 욕심을 꺼내 봐도 되지 않나, 감히 짐작해봅니다. 하지만 엄마들의 일상은 변하지 않습니다. 모든 자녀의 결혼을 준비해야 하고, 자신의 노년에 이어 죽음까지 모든 것을 고려하고 안배해야 하는 시기라서입니다. 이럴 때 불쑥불쑥 튀어나오는 욕심은 재앙입니다. 욕망은 죄책감을 불러일으킵니다.

산다는 건 끊임없이 내려놓는 연습이라고는 하지만, 모든 것을 내려놓고 나서는 본인에게 뭐가 남는 걸까요. 나는 내가 아까워 죽겠습니다. 나의 친구들도, 그녀들의 엄마들도 모두 안타까워서 속이 탑니다. 섣불리 욕심내라는 말을 할 수도 없습니다. 그저 내가 할 수 있는 것이라곤 삶이란 게 원래 조금 고단하고, 그러니 부단히 애쓸 수밖에 없고, 미래에도 우리는 비슷하게 살아갈 것이라고 말하는 것밖에 없었습니다. 그런 걸 위로라고 하고 있는 내가 있었습니다.

삶의직조 소설집

이진의 삶은
이지하지 않다

© 채도운 2025

초판 1쇄 인쇄   2025년 9월 29일
초판 1쇄 발행   2025년 10월 3일

지은이   채도운
발행처   삶의 직조
출판등록   2024년 1월 11일 제2024-000001호
주소   경남 진주시 범골로 60번길 7
대표전화   010-3773-1926
팩스   0504-406-1926
출판등록   제2024-000001호
이메일   bottlebooks@naver.com
@bottlebooks_archive @weaving_of_life

© 채도운 2025

ISBN 979-11-986252-3-6